ふたご魔女《まじょ》とひみつのお手紙《てがみ》

はじめての魔法学校《まほうがっこう》

作◆櫻《さくら》いいよ
絵◆佐々木《ささき》メエ

好《す》きな色《いろ》でぬってみてね！

もんだい！

かい は かいでも

空《そら》を飛《と》べる かい は

なんでしょう？

せいかいは
魔法《まほう》つかい！

ここは魔法《まほう》の島《しま》、オーロラアイランド。

十歳《じっさい》の誕生日《たんじょうび》に魔法《まほう》の力《ちから》がめざめた子《こ》は、この島《しま》の魔法学園《まほうがくえん》に入学《にゅうがく》します！

かわいいほうきで
空《そら》を飛《と》んだり、

友《とも》だちといっしょに
お店《みせ》をはじめたり…

わくわくする迷路《めいろ》や、
遊《あそ》びもいっぱい！

夢《ゆめ》みたいな毎日《まいにち》が
はじまります！

1 ふたりの魔法使《まほうつか》い 010

2 スターライトアカデミー入学《にゅうがく》 027

3 あたらしい出会《であ》いは忙《いそが》しい 044

4 はじめての授業《じゅぎょう》 063

5 クラスメイトの魔法《まほう》 085

6 お客《きゃく》さんのいないお菓子屋《かしや》さん 104

7 想《おも》いを込《こ》めて、空《そら》を飛《と》んで 126

8 雨《あめ》と風《かぜ》と涙《なみだ》と 140

9 ふたりで一緒《いっしょ》に 154

10 はじめてのジュエルキャンディ 163

11 パパとママへ 177

ふたご魔女とひみつのお手紙

はじめての魔法学校《まほうがっこう》

登場《とうじょう》人物《じんぶつ》

10歳《さい》の誕生日《たんじょうび》、
魔法《まほう》が使《つか》える
ようになっちゃった…!?

ヨル

ふたごの妹《いもうと》。
おとなしくて
ちょっぴり人見知《ひとみし》り。

チカ

クラスで目立《めだ》っている女《おんな》の子《こ》。
気《き》が強《つよ》く見《み》えるけれど…?

ソラ＆ヨルのクラスメイト

ユーリ

マドカ

ソラたちのとなりの部屋に
住《す》むルームメイト。

ソラ＆ヨルのパートナー

ツキ

アオイ

いつも一緒《いっしょ》にいて、魔《ま》法《ほう》の使《つか》い方《かた》などのアドバイスをくれる。

ミドリ

ソラたちが魔《ま》法《ほう》の島《しま》で助《たす》けた女《おんな》の子《こ》。

ふたごの姉《し》妹《まい》

ソラ

ふたごのお姉《ねえ》さん。明《あか》るくていつも元《げん》気《き》いっぱい。

ソラ＆ヨルのかぞく

おじいちゃん

おばあちゃん

パパ

1

ふたりの魔法使《まほうつか》い

ソラとヨルはふたごの姉妹《しまい》。
今日《きょう》は、ふたりの十歳《じっさい》の誕生日《たんじょうび》。
窓《まど》の外《そと》には太陽《たいよう》が光《ひか》り輝《かがや》いていました。
「よし！」
ふたりは、おそろいの服《ふく》に着替《きが》えて気合《きあ》いを入《い》れます。
家族《かぞく》は、朝《あさ》から誕生日《たんじょうび》パーティの準備《じゅんび》をしてくれていました。
そのあいだ、ふたりにはやること

ページの下《した》にミニクイズがあるよ。あなたは何問《なんもん》せいかいできるかな？

があるのです。

「さあ、ヨル、今年《ことし》もプレゼント探《さが》しをはじめよう！」

お姉《ねえ》さんのソラがポニーテールを揺《ゆ》らしながら、元気《げんき》よく妹《いもうと》のヨルをさそいます。

すると、いつもはおとなしいヨルも、うれしそうに「うん！」と元気《げんき》にうなずきました。

ふたりには、毎年《まいとし》、ステキな誕《たん》

生日《じょうび》プレゼントが届《とど》きます。

パパが言《い》うには『魔法使《まほうつか》いからのプレゼント』らしいです。

だから毎年《まいとし》、ふたりがとても喜《よろこ》ぶものが贈《おく》られてくるんだよ、と言《い》っていました。

それは、いつも家《いえ》のどこかに隠《かく》されていました。

そして、誕生日《たんじょうび》パーティーのおわりまでにプレゼントを見《み》つけるのが、ルールなのです。

「今年《ことし》はどこにプレゼントが届《とど》くかなあ」

ふたりは走《はし》り出《だ》しました。

キッチン、玄関《げんかん》、庭《にわ》、トイレ、お風呂《ふろ》。

ソファのクッションの下《した》、カーテンの裏《うら》も見《み》ました。

でも、今年《ことし》はなかなか見《み》つかりません。

「おかしいね」

ソラが首《くび》をひねって考《かんが》えます。

いつもなら、一時間《いちじかん》もあれば見《み》つけられるのに。

あと探《さが》していない場所《ばしょ》はどこでしょうか。

「わたしたちの部屋《へや》は？」

ヨルが提案《ていあん》します。

今《いま》まで一度《いちど》も、部屋《へや》からプレゼントが出《で》てきたことはありません。

まさか、と思《おも》いつつもふたりは部屋《へや》に向《む》かいました。

★ミニクイズ１★　誰《だれ》にでもあるのに見《み》えないものってなんだ？

すると、それぞれのベッドの下《した》に大《おお》きな紙袋《かみぶくろ》が置《お》かれていました。

いつもよりもずっと大《おお》きなプレゼントに、ふたりの目《め》が輝《かがや》きます。

ふたりはすぐにかけよって、中《なか》を開《あ》けました。

「わあ、かわいい！」

「おそろいの服《ふく》だね」

ふたりはベッドに広《ひろ》げて叫《さけ》びました。

ベレー帽《ぼう》に、フリルのついたシャツ、チェックのワンピース。そして
ケープのセットです。

色《いろ》はソラが水色《みずいろ》でヨルが桃色《ももいろ》でした。

ほかにも、クリーム色《いろ》のリュックとレースのついた靴下《くつした》、革靴《かわぐつ》もはいっ

ミニクイズ１の答《こた》え　誕生日《たんじょうび》

ています。

「なんか、制服《せいふく》みたいだね、これ」

すごくかわいくて気《き》に入《い》りましたが、ソラは不思議《ふしぎ》に思《おも》います。

ヨルも「ほんとだね」と首《くび》をかしげます。

☆　☆　☆

「誕生日《たんじょうび》おめでとう、ソラ、ヨル」

夜《よる》になると、大《おお》きなテーブルに、大《おお》きなケーキとふたりの好《す》きなシチューやチキンが並《なら》びました。

ふたりでふうっと十本《じっぽん》のろうそくを吹《ふ》き消《け》します。

おじいちゃんとおばあちゃん、そしてパパの三人《さんにん》が、「おめでとう」と手《て》を叩《たた》いて祝《いわ》ってくれました。
ふたりの家《いえ》に、ママはいません。
どうして自分《じぶん》たちにはママがいないのか、幼《おさな》い頃《ころ》は不思議《ふしぎ》でした。
家族《かぞく》に聞《き》いてみると、みんな困《こま》った顔《かお》をしました。ふたりはそれから、
ママの話《はなし》をするのをやめました。
ふたりにはお互《たが》いがいます。
家族《かぞく》のことも大好《だいす》きです。
でもやっぱり、ママがいないのはさびしく思《おも》っていました。
「今年《ことし》のプレゼントは、もう見《み》つかった？」
パパがふたりに聞《き》きました。

★ミニクイズ２★ 楽器《がっき》の音《おと》でできている家具《かぐ》はなんだ？

「もっちろん！」

ソラがご飯《はん》を食《た》べながら元気《げんき》いっぱいの返事《へんじ》をします。

ヨルもこくこくとうなずきました。

「制服《せいふく》みたいなセットだったよね」

「なんでだろうね。かわいかったから気《き》に入《い》ったけど！」

ふたりの疑問《ぎもん》に、パパはにっこりと微笑《ほほえ》みました。

「それは、ママからのプレゼントだよ」

ソラはびっくりしてスプーンを床《ゆか》に落《お》としてしまいました。

ヨルは驚《おどろ》いていて、ひっく、としゃっくりをあげました。

「これまでのプレゼントも、全部《ぜんぶ》ママからだったんだ」

ミニクイズ2の答《こた》え　ソファ

「プレゼントは魔法使《まほうつか》いからだって言《い》ってたじゃない！」

普段《ふだん》はおとなしいヨルが、珍《めずら》しく大《おお》きな声《こえ》を出《だ》しました。

「うん、そうだよ。じつはママは、魔法使《まほうつか》いなんだ」

ふたりは驚《おどろ》きのあまり、目《め》をパチパチと瞬《まばた》きさせます。

突然《とつぜん》知《し》らされた内容《ないよう》に、頭《あたま》の中《なか》が真《ま》っ白《しろ》になってしまいました。

「どういうこと？　え？」

「わ、わかんない」

いないと思《おも》っていたママがいただけでも信《しん》じられないのに、ママが魔法《まほう》使《つか》いだったなんて！

おろおろするふたりにパパが近《ちか》づきました。

そしてふたりの手《て》をとって、やさしく目《め》を細《ほそ》めます。

「ずっと、ママのことを隠《かく》していて、ごめんね。ママはずっと、ふたりのそばにいたんだよ」

あたたかい声《こえ》に、ソラとヨルは、耳《みみ》を傾《かたむ》けます。

ママは魔法使《まほうつか》いでも珍《めずら》しい、天気《てんき》を動《うご》かす力《ちから》があるのだと、パパは言《い》いました。

そのため、いろんな場所《ばしょ》に行《い》ってたくさんのひとを助《たす》けなくちゃいけないそうです。

だから、ふたりのそばにいられなかったのです。

会《あ》うと、離《はな》れるのがつらくなります。

ママはもちろん、ソラとヨルも。

ママはそう考《かんが》えて、パパと相談《そうだん》し、ふたりには秘密《ひみつ》にすることにしたのです。でも、ママはずっとこっそりふたりの様子《ようす》を見守《みまも》っていました。

誕生日《たんじょうび》だけではなく、仕事《しごと》の合間《あいま》はかならず、ふたりを遠《とお》くから見《み》つめていたのです。

★ミニクイズ3★ 女王様《じょおうさま》が寝《ね》る場所《ばしょ》はどこかな？

「ソラとヨルが十歳《じっさい》になったら、話《はなし》をしようって決《き》めていたんだ。魔法《まほう》使《つか》いの子《こ》は、十歳《じっさい》になると魔法《まほう》が使《つか》えるようになるんだよ」

ふたりは、誕生日《たんじょうび》プレゼントに一緒《いっしょ》にはいっていたメッセージカードを見《み》つけました。

〝離《はな》れていても大好《だいす》きよ〟

〝ふたりに会《あ》いたいわ〟

それは、魔法使《まほうつか》いのママからのメッセージでした。

ママと一緒《いっしょ》にいられないのはさびしい。

離れていても大好きよ
ふたりに会いたいわ
ママより

でも、ヨルは思《おも》いました。

――お母《かあ》さんに大好《だいす》きって伝《つた》えたい！

その瞬間《しゅんかん》、ヨルの胸《むね》がぱあっと黄色《きいろ》の光《ひかり》を放《はな》ちました。

ソラは思《おも》いました。

――大好《だいす》きなお母《かあ》さんに、会《あ》いたい。

強《つよ》く願《ねが》うと同時《どうじ》に、ソラの体《からだ》がふわりと地面《じめん》から離《はな》れました。

「え、え、え？」

「わあ、な、なにこれ！」

ふたりは突然《とつぜん》のことに、パニックになりました。

そう、今日《きょう》はソラとヨルの十歳《じっさい》の誕生日《たんじょうび》です。

ミニクイズ３の答《こた》え　クイーンベッド

胸《むね》の中《なか》で〝想《おも》い〟があふれたそのとき――ふたりは、魔《ま》法《ほう》が使《つか》えるようになったのです。

だってふたりのママは、魔《ま》法《ほう》使《つか》いだから。

「魔《ま》法《ほう》だ！」

ソラとヨルは、声《こえ》を合《あ》わせて叫《さけ》びました。

2

スターライトアカデミー入学《にゅうがく》

ふたりの目《め》の前《まえ》には、華《はな》やかな港《みなと》町《まち》が広《ひろ》がっていました。

「す、すごい」

ソラが目《め》を大《おお》きく開《あ》けてつぶやきました。

「こんな島《しま》があったなんて……」

ヨルは感激《かんげき》しています。

ここはオーロラアイランド。

魔法《まほう》を学《まな》ぶスターライトアカデミーのある、特別《とくべつ》な島《しま》です。

★ミニクイズ4★　食《た》べるとリラックスできるケーキは？

十歳《じっさい》の誕生日《たんじょうび》に魔法《まほう》が使《つか》えるようになったふたりは、新入生《しんにゅうせい》としてやってきました。

魔法《まほう》が使《つか》えるようになっても、すぐに上手《じょうず》に使《つか》うことはできません。

ふたりも、今日《きょう》までときどき無意識《むいしき》に物《もの》を浮《う》かしてしまったり、動《うご》かしてしまったりしていました。

それはとても危険《きけん》なことです。

だから、魔法使《まほうつか》いになった十歳《じっさい》の

子《こ》どもはみんな、アカデミーに入学《にゅうがく》することになっていました。

ここで、一人前《いちにんまえ》の魔法使《まほうつか》いを目指《めざ》すのです。

誕生日《たんじょうび》プレゼントにもらった衣装《いしょう》は、このアカデミーの制服《せいふく》でした。

ソラとヨルが魔法使《まほうつか》いになることを知《し》っていたママとパパは、すべての準備《じゅんび》をしてくれていたのです。

これからふたりはこのオーロラアイランドで生活《せいかつ》します。

家族《かぞく》に会《あ》えるのは年《ねん》に数回《すうかい》だけ。

ここには頼《たよ》りになるパパも、やさしいおばあちゃんも、おもしろいおじいちゃんもいません。

ヨルはちょっと、不安《ふあん》になりました。いつもは元気《げんき》なソラも、ちょっと

ミニクイズ4の答《こた》え　ホットケーキ

だけ、さびしくなります。
だからこそ、ソラは声《こえ》をあげました。
「ここであたしたち、立派《りっぱ》な魔法使《まほうつか》いになろうね！」
ソラの言葉《ことば》に、ヨルははっとして「うん！」と答《こた》えました。
魔法《まほう》が使《つか》えるようになったあと、ふたりはママについて話《はなし》をしました。
ママはまだ、ふたりに会《あ》いに来《く》るのは難《むずか》しいとパパが言《い》っていました。
だから、ふたりは決《き》めたのです。
立派《りっぱ》な魔法使《まほうつか》いになって、一緒《いっしょ》にママに会《あ》いに行《い》こう、ママに大好《だいす》き
だって伝《つた》えよう、と。
ふたりを見送《みおく》るときに、パパは言《い》いました。

『ソラとヨル、ふたりなら大丈夫《だいじょうぶ》だよ』

『ひとりじゃないっていうのは、とっても大《おお》きな力《ちから》になるからね』

その言葉《ことば》を思《おも》い出《だ》し、ふたりは手《て》を取《と》り合《あ》って、

「行《い》こう！」

と足《あし》を踏《ふ》み出《だ》しました。

・－☆－・－☆－・－☆－・

港通《みなとどお》りには、アクセサリー屋《や》さん、お菓子屋《かしや》さん、文具屋《ぶんぐや》さんなどたくさんの店《みせ》が並《なら》んでいました。

とある店《みせ》は、ショウウインドウの中《なか》で商品《しょうひん》がぷかぷかと浮《う》いていました。

別《べつ》の店《みせ》では、七色《なないろ》に輝《かがや》くお菓子《かし》がありました。

★ミニクイズ5★　頭《あたま》の上《うえ》にあるのに、さわれない白《しろ》いものは？

この島《しま》では、魔法《まほう》があるのが当《あ》たり前《まえ》なのです。見《み》たことのない不思議《ふしぎ》な光景《こうけい》に、ふたりは目《め》をキラキラと輝《かがや》かせました。

けれどふたりは、店《みせ》に立《た》ち寄《よ》りたい気持《きも》ちを我慢《がまん》して、アカデミーに向《む》かいます。

すると、大《おお》きな門《もん》が見《み》えました。門《もん》をくぐると、いくつもの建物《たてもの》がまわりに建《た》っていました。中央《ちゅうおう》には

塔《とう》のように高《たか》い時計台《とけいだい》があります。

入学式《にゅうがくしき》が行《おこな》われるのは、そのそばの、古《ふる》い建物《たてもの》です。

どきどきしながら、大《おお》きな両開《りょうびら》きのトビラを開《あ》けました。

広々《ひろびろ》としたホールがあり、そこには、ソラとヨルと同《おな》い年《どし》の十三人《じゅうさんにん》の少《しょう》年少女《ねんしょうじょ》がいました。

みんな、魔法使《まほうつか》いの子《こ》どもたちです。

ヨルは緊張《きんちょう》して心臓《しんぞう》がばくばくしています。

じっと待《ま》っていると、正面《しょうめん》の壇上《だんじょう》に、数人《すうにん》のおとながやってきました。

「ようこそ、スターライトアカデミーへ」

真《ま》ん中《なか》にいる、グレーの髪《かみ》の毛《け》の背《せ》の高《たか》いおばさんがマイクに向《む》かって

ミニクイズ5の答《こた》え　雲《くも》

しゃべりました。

「私《わたし》は学園長《がくえんちょう》のリリーです。あたらしい魔法使《まほうつか》いのみなさん、よろしくお願《ねが》いしますね」

リリー学園長《がくえんちょう》は、みんなの顔《かお》をひとりひとり見《み》て言《い》いました。

あたらしい魔法使《まほうつか》い。

そう呼《よ》ばれたことに、みんなはうれしそうに頰《ほお》をゆるませています。

「魔法《まほう》には、無限《むげん》の可能性《かのうせい》が秘《ひ》められています。それは、誰《だれ》もが自分《じぶん》だけの〝想《おも》い〟を持《も》っているからです。その〝想《おも》い〟が、自分《じぶん》だけの魔法《まほう》になるのです」

そう言《い》ったリリー学園長《がくえんちょう》は、パチンと指《ゆび》を鳴《な》らしました。

その瞬間《しゅんかん》、ホールに色《いろ》とりどりの光《ひかり》の玉《たま》があらわれました。

これが、リリー学園長《がくえんちょう》の魔法《まほう》なのです。

なんて美《うつく》しい魔法《まほう》でしょうか。

みんなは見《み》とれてしまいました。

「誰《だれ》ひとりとして、おなじひとはいません。だから〝想《おも》い〟も、みんな、それぞれちがうものです」

たしかに、ソラとヨルはふたごで

いつも一緒《いっしょ》にいましたが、性格《せいかく》はまったくちがいます。

「その自分《じぶん》の〝想《おも》い〟を魔法《まほう》にして誰《だれ》かに届《とど》けるのが、魔法使《まほうつか》いです」

リリー学園長《がくえんちょう》は、そう言《い》ってにっこりと微笑《ほほえ》みました。

「それではまず、自分《じぶん》の〝想《おも》い〟を知《し》ることからはじめましょう」

両手《りょうて》を広《ひろ》げて、リリー学園長《がくえんちょう》は言《い》いました。

「目《め》をとじてください」

言《い》われたとおり、みんなが目《め》をつむります。

「さあ、自分《じぶん》に問《と》いかけましょう」

みんな、リリー学園長《がくえんちょう》の声《こえ》を聞《き》きます。

「夢《ゆめ》は？　目標《もくひょう》は？」

どこかから、わ、と声《こえ》があがりました。

「どんな自分《じぶん》になりたいですか」

今度《こんど》は別《べつ》の誰《だれ》かが、驚《おどろ》きの声《こえ》を出《だ》しています。

「どんな自分《じぶん》になりたいですか？」

「誰《だれ》に憧《あこが》れますか？」

リリー学園長《がくえんちょう》が話《はな》すたびに、まわりが騒《さわ》がしくなります。

ソラとヨルは、なにがおこっているのか不思議《ふしぎ》に思《おも》いながら、目《め》をとじていました。

「なにがしたいですか？」

ソラは、その言葉《ことば》を心《こころ》の中《なか》で繰《く》り返《かえ》します。

★ミニクイズ6★　10本《ぼん》の「き」が集《あつ》まってできるものは？

（ママに会《あ》いたい）

誕生日《たんじょうび》、強《つよ》く願《ねが》った〝想《おも》い〟がよみがえります。

その瞬間《しゅんかん》、手《て》のひらがぽっとあたたかくなりました。

「なにを、望《のぞ》んでいますか？」

（ママに気持《きも》ちを伝《つた》えたい）

ヨルも、ママが魔法使《まほうつか》いだと知《し》ったときの〝想《おも》い〟が胸《むね》に広《ひろ》がります。

ヨルは手《て》のひらに、ぬくもりを感《かん》じました。

ふたりは同時《どうじ》に目《め》を開《ひら》きました。

「わ！」

なんと、ソラの両手《りょうて》の中《なか》には、紫色《むらさきいろ》のネコがいました。しかも背中《せなか》に

ミニクイズ6の答《こた》え　天気《てんき》

真《ま》っ白《しろ》の小《ちい》さな羽《はね》があります。

「なにこれ！」

ソラは驚《おどろ》いて叫《さけ》びました。

「よろしくう。アオイだよお」

のんびりした声《こえ》で挨拶《あいさつ》をしてから、
ネコは大《おお》きな欠伸《あくび》をしました。

「きゃあ！」

今度《こんど》はヨルが叫《さけ》び声《ごえ》をあげました。

ヨルの目《め》の前《まえ》に、子犬《こいぬ》が出《で》てきました。

もこもこした体《からだ》で、ポシェットをかけたポメラニアンです。

驚《おどろ》きのあまりなにも言《い》えないヨルを見《み》て、ポメラニアンは呆《あき》れたように言《い》いました。

「ちょっとどうしたの、しっかりして！　名前《なまえ》はツキよ！　よろしくね」

「あ、はい！　ごめんなさい、よろしくお願《ねが》いします」

ヨルは、つい謝《あやま》ってしまいました。

これはどういうことだろうとまわりを見回《みまわ》すと、ひとりひとりに動物《どうぶつ》があらわれたようでした。

イヌやうさぎ、パンダにふくろう、ハリネズミもいました。

ぱんっと手《て》を叩《たた》いて、リリー学園長《がくえんちょう》が言《い》いました。

「目《め》の前《まえ》にいるのが、みなさんの〝想《おも》い〟を、魔《ま》法《ほう》を手《て》助《だす》けしてくれる、あなたのパートナーです」

「そういうことだよう」

アオイがうなずきました。

「みなさんはこれから、このアカデミーで仲《なか》間《ま》と、そしてパートナーと一《いっ》緒《しょ》に、自《じ》分《ぶん》だけの〝想《おも》い〟――魔《ま》法《ほう》を、学《まな》び育《そだ》ててください」

「ビシバシ行《い》くからね！」

今《こん》度《ど》はツキが偉《えら》そうに言《い》います。

「では、入《にゅう》学《がく》おめでとう！」

リリー学《がく》園《えん》長《ちょう》が大《おお》きな声《こえ》で言《い》うと、まわりから拍《はく》手《しゅ》がおこりました。

★ミニクイズ7★　夏《なつ》によくプレゼントされるお菓《か》子《し》は？

3

あたらしい出会《であ》いは忙《いそが》しい

入学式《にゅうがくしき》が終《お》わると、これからみんなが暮《く》らす寮《りょう》に向《む》かいました。

案内《あんない》してくれるのは、みんなの担《たん》任《にん》になったミナト先生《せんせい》です。

背《せ》が高《たか》く、黒《くろ》いメガネをかけたひとでした。先生《せんせい》のパートナーは尻尾《しっぽ》の長《なが》い赤《あか》い小鳥《ことり》で、肩《かた》にちょこんととまっています。

向《む》かう途中《とちゅう》、みんなは突然《とつぜん》あらわれたパートナーに戸惑《とまど》っていました。

ミニクイズ7の答《こた》え　ドーナツ

おしゃべりな子《こ》もいれば、物静《ものしず》かな子《こ》もいて、ぴょんっとどこかに行《い》ってしまうような元気《げんき》な子《こ》もいました。

パートナーを慌《あわ》てて追《お》いかけている男子生徒《だんしせいと》は、とても大変《たいへん》そうです。

ソラのパートナーであるアオイは、肩《かた》の上《うえ》でうとうとしています。

ヨルのパートナーであるツキは、ずっとヨルにきゃんきゃんとしゃ

べっていました。

どうやらアオイとツキは、真逆《まぎゃく》の性格《せいかく》をしているようです。

「さあ、ここが、きみたち新入生《しんにゅうせい》の寮《りょう》ですよ」

ミナト先生《せんせい》が足《あし》を止《と》めて言《い》いました。

みんなの前《まえ》には、黄《き》緑《みどり》色《いろ》の三階《さんかい》建《だ》ての建物《たてもの》がありました。

「では、今日《きょう》はゆっくり、パートナーと仲良《なかよ》く過《す》ごしてください。また明日《あした》、教室《きょうしつ》で会《あ》いましょう」

ミナト先生《せんせい》は、そう言《い》って去《さ》っていきました。

先頭《せんとう》にいた女《おんな》の子《こ》が扉《とびら》をあけると、目《め》の前《まえ》にひとりの女性《じょせい》が出迎《でむか》えてくれました。お団子頭《だんごあたま》で、エプロンを身《み》につけています。

★ミニクイズ８★　顔《かお》の中《なか》と街《まち》の中《なか》、どちらにもあるものは？

「ようこそ。私《わたし》は寮母《りょうぼ》のマヤだよ。マヤおばさんって呼《よ》んでおくれ」

腰《こし》に手《て》を当《あ》てて大《おお》きく口《くち》を開《あ》けて笑《わら》うマヤおばさんに、みんなの表情《ひょうじょう》がやわらかくなります。

「寮《りょう》は、ふたり一部屋《ひとへや》だよ。ケンカはしないように。部屋《へや》の前《まえ》に名前《なまえ》が書《か》かれているから、間違《まちが》えないようにね」

「はい」

みんなが一斉《いっせい》に返事《へんじ》をします。

「ヨル！　あたしたち同《おな》じ部屋《へや》だよ！」

三階《さんかい》のとある部屋《へや》の前《まえ》に、ソラとヨルの名前《なまえ》が書《か》かれていました。

ここでも一緒《いっしょ》に過《す》ごせることに、ふたりは喜《よろこ》びます。

パパはいつもふたりに言《い》っていました。

『ソラとヨルは、同《おな》じじゃない。だからこそ、一緒《いっしょ》にいることで、ふたりは強《つよ》くてやさしくなれるんだよ』

だから、ソラとヨルは、心強《こころづよ》く感《かん》じます。

部屋《へや》は、とても日当《ひあ》たりのいい場所《ばしょ》でした。

左右対称《さゆうたいしょう》に、おそろいのベッドと机《つくえ》と本棚《ほんだな》が置《お》かれています。真《ま》ん中《なか》に

ミニクイズ８の答《こた》え　はな

は大《おお》きな窓《まど》があり、心地《ここち》よい風《かぜ》がカーテンを揺《ゆ》らしていました。

「すっごくステキ！」

「ここから港《みなと》が見《み》えるよ！」

窓《まど》の外《そと》の景色《けしき》を見《み》て、ふたりは声《こえ》をあげます。

アオイはすぐさま窓際《まどぎわ》に移動《いどう》して、心地《ここち》よさそうに目《め》をとじます。

ツキは忙《せわ》しなく部屋《へや》の中《なか》を動《うご》き回《まわ》りました。

「ああ、これから楽《たの》しみだなあ」

ソラはぼすっとソファに腰《こし》を下《お》ろします。

「どんな毎日《まいにち》になるんだろうね」

ヨルも期待《きたい》に胸《むね》を弾《はず》ませます。

★ミニクイズ9★　地球《ちきゅう》の周《まわ》りにある絶対《ぜったい》危険《きけん》なものは？

魔法《まほう》を学《まな》んで、ふたり一緒《いっしょ》に魔法使《まほうつか》いになれる日《ひ》が、楽《たの》しみで仕方《しかた》ありません。

「アオイとツキは、あたしたちのパートナーなんだよね」

「そのとおり！」

ヨルの足元《あしもと》でツキが胸《むね》を張《は》りました。

「パートナーってなにするの？」

「ふたりの魔法《まほう》のサポート役《やく》だね。でも、パートナーにできることは、ふたりが魔法《まほう》をどれだけ使《つか》えるかでかわるよ」

「うんうん」

ツキと真逆《まぎゃく》のアオイは、のんびりとした口調《くちょう》で相《あい》づちをうちました。

「だからまずは、ふたりがちゃんと魔法《まほう》を使《つか》えるようにならないとだめなんだよ！」

「そっかあ」

魔法《まほう》はまだまだわからないことばかりです。

自分《じぶん》には、どんな魔法《まほう》が使《つか》えるのでしょうか。

――『魔法《まほう》には、無限《むげん》の可能性《かのうせい》が秘《ひ》められています』

――『みんなが自分《じぶん》だけの〝想《おも》い〟を持《も》っているからです』

ソラは目《め》をつむって、リリー学園長《がくえんちょう》の言葉《ことば》を思《おも》い出《だ》しました。

無限《むげん》の可能性《かのうせい》。

ソラはわくわくしました。

★ミニクイズ10★　見《み》つけた人《ひと》がびっくりして捨《す》てちゃう食《た》べ物《もの》は？

みんなと一緒《いっしょ》ならなんでもできそうな、そんな気《き》がしてきます。

・－★－・－★－・－★－・

夕食《ゆうしょく》の時間《じかん》になると、一階《いっかい》にある食堂《しょくどう》に新入生《しんにゅうせい》たちが集《あつ》まります。
広々《ひろびろ》とした食堂《しょくどう》に、大《おお》きな長細《ながほそ》いテーブルがふたつ並《なら》んでいました。
みんなは一列《いちれつ》に並《なら》んで、今日《きょう》のご飯《はん》を受《う》け取《と》り席《せき》に座《すわ》ります。
アオイとツキは部屋《へや》で留守番《るすばん》です。
「おいしそう！」
寮《りょう》でのはじめてのご飯《はん》は、ハンバーグでした。
ふたりの大好物《だいこうぶつ》です。
ソラとヨルはとなりに座《すわ》り、手《て》を合《あ》わせて食《た》べはじめました。

ミニクイズ10の答《こた》え　ワッフル

すでにいくつかのグループができているようで、食堂《しょくどう》はとても騒《さわ》がしいです。
ヨルは女《おんな》の子《こ》の三人組《さんにんぐみ》と目《め》が合《あ》いました。
華《はな》やかな髪型《かみがた》でとっても目立《めだ》つ女《おんな》の子《こ》です。
でも、すぐに目《め》を逸《そ》らされてしまいました。
(友《とも》だち、できるのかなあ)
ちょっとだけ、不安《ふあん》になります。
するとそこに、二人組《ふたりぐみ》の女《おんな》の子《こ》がやってきました。
すかさず挨拶《あいさつ》をしたのは、ソラでした。
「よろしく。あたしはソラ。この子《こ》はヨル。あたしたちふたごなの」

★ミニクイズ11★ 一番大《いちばんおお》きな声《こえ》で笑《わら》う家族《かぞく》はだれ？

人見知《ひとみし》りをしないソラがハキハキと自己紹介《じこしょうかい》をします。

ソラはいつだって、自分《じぶん》から行動《こうどう》に移《うつ》します。

誰《だれ》にたいしても、明《あか》るく接《せっ》するのです。

「わたしはユーリ。よろしくねえ」

肩《かた》までのふわふわの髪《かみ》の毛《け》が、とてもやわらかそうな女《おんな》の子《こ》です。

「私《わたし》はマドカ」

ユーリのとなりにいる女《おんな》の子《こ》が名乗《なの》りました。

ショートヘアのマドカは、クールな印象《いんしょう》でした。

ふたりはルームメイトで、ソラたちのとなりの部屋《へや》なのだと教《おし》えてくれました。

ミニクイズ11の答《こた》え 母《はは》

「ふたごだからとなりが騒《さわ》がしかったのね」

マドカに言《い》われて、思《おも》わずヨルはびくっとしてしまいます。

(もしかしてうるさかったかな)

「ご、ごめんなさい」

ヨルが体《からだ》を小《ちい》さくしてぺこりと謝《あやま》りました。

「もう、マドカってば、なんでそんな言《い》い方《かた》するのー」

「え、なんで？　事実《じじつ》を言《い》っただけじゃない」

ユーリが注意《ちゅうい》をすると、マドカは不思議《ふしぎ》そうに首《くび》を傾《かし》げました。

「怒《おこ》ってるみたいに聞《き》こえるでしょー」

その言葉《ことば》に、マドカははっとしました。

「あっ、ごめん、そういうつもりじゃないから。仲《なか》がいいんだなって思《おも》ったただけ」

マドカはただ、思《おも》ったことを言《い》っただけなのです。

「なんだー、そういうことかあ」

ぷはっとソラが噴《ふ》き出《だ》します。

ヨルもほっと胸《むね》を撫《な》で下《お》ろしました。

「なんか、私《わたし》いつも怒《おこ》ってるみたいに思《おも》われるんだよね」

「笑顔《えがお》だよ、笑顔《えがお》！」

しょんぼりするマドカに、ユーリが頬《ほお》に指《ゆび》をあてて笑《わら》います。

ユーリとマドカは今日《きょう》はじめて出会《であ》ったようですが、すっかり打《う》ちとけ

★ミニクイズ12★　いつも笑《わら》っているアルファベットは？

ていました。

「マドカは笑《わら》うとかわいいよ、きっと」

ソラもユーリと同《おな》じように、にっと口《くち》の端《はし》を引《ひ》き上《あ》げてマドカに笑顔《えがお》を見《み》せます。

「もう！　からかわないで！」

マドカは顔《かお》を真《ま》っ赤《か》にして言《い》いました。

怒《おこ》った様子《ようす》でそっぽを向《む》いてしまいましたが、みんな、マドカが恥《は》ずかしがっているのだとわかりました。

「マドカって、すごくかわいい」

ヨルが口《くち》にすると、マドカはますます真《ま》っ赤《か》になり

ました。

そして、ちらりとヨルを見《よ》て、

「ありがと」

とお礼《れい》を言《い》います。

ヨルは人見知《ひとみし》りをするけれど、口《くち》にする言葉《ことば》はいつも素直《すなお》な気持《きも》ちです。

それが伝《つた》わったのでしょう。マドカはうれしそうに頬《ほお》をゆるませます。

「これから、よろしくね」

ふたりは、ソラとヨルの、この島《しま》でのはじめての友《とも》だちになりました。

オーロラアイランドでのはじめての夜《よる》、ふたりはパートナーと一緒《いっしょ》にぐっすりと眠《ねむ》りました。

ミニクイズ12の答《こた》え　M（笑《え》む）

今《いま》から７個《こ》の質問《しつもん》をするよ！
一番多《いちばんおお》い答《こた》えをおぼえておいてね★

あなたはだれタイプ？ 性《せい》格《かく》診《しん》断《だん》！

Q1 好《す》きなファッションは？

A. カジュアルな服《ふく》
B. きれいめな服《ふく》
C. カラフルな服《ふく》
D. シンプルな服《ふく》

Q2 休《やす》みの日《ひ》に出《で》かけるならどこがいい？

A. 公園《こうえん》
B. 水族館《すいぞくかん》
C. 遊園地《ゆうえんち》
D. 映画館《えいがかん》

Q3 もらうと嬉《うれ》しいプレゼントは？

A. 自転車《じてんしゃ》
B. 文房具《ぶんぼうぐ》
C. ぬいぐるみ
D. 本《ほん》

Q4 どの授業《じゅぎょう》がいちばん好《す》き？

A. 体育《たいいく》
B. 国語《こくご》
C. 音楽《おんがく》
D. 算数《さんすう》

Q5 なやみがある時《とき》はどうする？

A. 寝《ね》て忘《わす》れる
B. 友《とも》だちに相談《そうだん》する
C. 楽《たの》しかったことを思《おも》い出《だ》す
D. ひとりで考《かんが》える

Q6 新《あたら》しい服《ふく》を買《か》うなら何色《なにいろ》がいい？

A. 青《あお》
B. ピンク
C. 白《しろ》
D. 緑《みどり》

Q7 秋《あき》と聞《き》いて思《おも》い浮《う》かぶものは？

A. 運動会《うんどうかい》
B. 遠足《えんそく》
C. ハロウィン
D. 紅葉《こうよう》

Aが一番多《いちばんおお》い あなたはソラタイプ

元気《げんき》いっぱいなあなたはソラタイプ！　あなたのまわりにはいつも人《ひと》がいっぱい集《あつ》まってくるよ。ひとりでいる友《とも》だちも巻《ま》き込《こ》んで楽《たの》しんじゃおう！

Bが一番多《いちばんおお》い あなたはヨルタイプ

ヨルのようにやさしくて繊細《せんさい》なあなた。友《とも》だちからの信頼《しんらい》も厚《あつ》くて、つい頼《たよ》られがち。たまには自分《じぶん》の気持《きも》ちを伝《つた》えてみるのもいいかも！

Cが一番多《いちばんおお》い あなたはユーリタイプ

誰《だれ》とでも楽《たの》しく話《はな》せるあなたは、社交的《しゃこうてき》なユーリタイプ！　マイペースに見《み》えて、人一倍《ひといちばい》場《ば》の空気《くうき》を読《よ》んでいるはず。息抜《いきぬ》きをするのもわすれずにね！

Dが一番多《いちばんおお》い あなたはマドカタイプ

まわりの人《ひと》からクールでおとなっぽく見《み》られがち。そんなあなたに、じつはあこがれている人《ひと》も多《おお》そう。気《き》になる人《ひと》には勇気《ゆうき》を出《だ》して話《はな》しかけてみよう！

4

はじめての授業《じゅぎょう》

とうとう、アカデミーで授業《じゅぎょう》がはじまりました。
新入生《しんにゅうせい》が、今日《きょう》は教室《きょうしつ》に並《なら》んで座《すわ》っています。
みんな、そばにはパートナーを連《つ》れていました。
ソラは肩《かた》にアオイを、ヨルはツキを抱《だ》っこしています。
ユーリのパートナーは小《ちい》さなハリネズミのハリーで、頭《あたま》の上《うえ》にのって

★ミニクイズ13★ 周《まわ》りをよく見《み》ている鳥《とり》は？

いました。ハリーの棘《とげ》は丸《まる》くなっていて、触《ふ》れても痛《いた》くありません。

マドカのパートナーはうさぎで、体《からだ》にお花《はな》の柄《がら》がはいっているミミという名前《なまえ》です。シャイな性格《せいかく》のようで、ソラとヨルを見《み》ると、マドカの服《ふく》の中《なか》に隠《かく》れてしまいました。

ふたりがけの席《せき》に、ソラとヨル、その前《まえ》の席《せき》にマドカとユーリが座《すわ》りました。

教室《きょうしつ》は騒《さわ》がしいですが、みんなはじめての授業《じゅぎょう》に少《すこ》し、緊張《きんちょう》していま
す。

「さあ、授業《じゅぎょう》をはじめますよ」

教室《きょうしつ》にミナト先生《せんせい》がはいってきました。

今日《きょう》も、肩《かた》には赤《あか》い鳥《とり》がとまっています。

騒《さわ》がしかったクラスメイトは、みんな静《しず》かになります。

「はじめに、みなさんにはこちらを渡《わた》しますね」

そう言《い》って配《くば》られたのは、白《しろ》い球《たま》でした。三《さん》センチくらいの小《ちい》さなもので、手《て》にするとずっしりと重《おも》みを感《かん》じます。

なにか不思議《ふしぎ》なものなのかしら、とみんな首《くび》をひねります。

ミニクイズ13の答《こた》え　メジロ

先生《せんせい》は、

「では、みなさん、それに〝想《おも》い〟を伝《つた》えましょう。両手《りょうて》でしっかりにぎってください」

と言《い》いました。

両手《りょうて》で白《しろ》い球《たま》を包《つつ》み込《こ》みます。

「目《め》をとじて、自分《じぶん》は魔法使《まほうつか》いなんだと、そう強《つよ》く〝想《おも》う〟のです」

ソラは言《い》われたように、心《こころ》の中《なか》で、魔法使《まほうつか》いなんだと自分《じぶん》に言《い》い聞《き》かせます。

すると、手《て》のひらの中《なか》の球体《きゅうたい》が、熱《ねつ》を帯《お》びはじめました。

やさしいぬくもりが、手《て》のひらからじんわりと体全体《からだぜんたい》に広《ひろ》がっていきます。

そっと目《め》を開《ひら》くと、ソラの手《て》には、ステッキがにぎられていました。

先端《せんたん》には王冠《おうかん》をかぶった丸《まる》いガラス玉《だま》があり、左右《さゆう》に白《しろ》い羽《はね》がついています。

アオイの羽《はね》と、同《おな》じきれいな羽《はね》です。

ガラス玉《だま》は、光《ひかり》があたると不思議《ふしぎ》な輝《かがや》きを放《はな》ちました。

「これがわたしの、ステッキ！」

「いいねえ、ステキだねえ」

アオイも喜《よろこ》んでくれました。

となりのヨルはどんなステッキでしょう。

★ミニクイズ14★　思《おも》わず眠《ねむ》くなっちゃうくつってなんだ？

「ハートだ」

ヨルは頬《ほお》を赤《あか》く染《そ》めて言《い》いました。

王冠《おうかん》を被《かぶ》ったハート型《がた》の中《なか》にほのかにピンク色《いろ》に輝《かがや》くガラスがはめられています。

そういえば、ツキのポシェットのボタンも、ハート型《がた》です。

「わあ、ぴったり！」

ツキはステッキを見《み》て微笑《ほほえ》みます。

王冠《おうかん》というふたり一緒《いっしょ》のモティー

フがあることに、ソラもヨルもうれしくなりました。
まわりのみんなも、それぞれ自分《じぶん》だけのステッキを手《て》にしていました。
ユーリとマドカのステッキも、パートナーと似《に》た部分《ぶぶん》があります。
みんなの手《て》にステッキがあるのを確認《かくにん》したミナト先生《せんせい》は、ぱんっと手《て》を叩《たた》きます。
「では、魔法《まほう》についての勉強《べんきょう》をはじめましょう」
先生《せんせい》は、みんなに一冊《いっさつ》の本《ほん》を手渡《てわた》しました。
中《なか》を見《み》ると、ぎっしりと文字《もじ》が詰《つ》まっています。
最初《さいしょ》のページには、リリー学園長《がくえんちょう》の言葉《ことば》が書《か》かれていました。

ミニクイズ14の答《こた》え　たいくつ

魔法《まほう》は誰《だれ》かのために使《つか》いましょう
魔法《まほう》で誰《だれ》かを傷《きず》つけたり、悲《かな》しませたりしてはいけません
それを決《けっ》して忘《わす》れないで
あなただけの特別《とくべつ》な〝想《おも》い〟を
必要《ひつよう》とする誰《だれ》かに届《とど》けましょう

ミナト先生《せんせい》はそれを読《よ》み上《あ》げました。

「魔法《まほう》を使《つか》うには魔法使《まほうつか》い——つまりみなさんひとりひとりの〝想《おも》い〟が必要不可欠《ひつようふかけつ》です」

ミナト先生《せんせい》はみんなの顔《かお》をひとりひとり見《み》つめて言《い》いました。

「一人前《いちにんまえ》の魔法使《まほうつか》いになるには、〝想《おも》い〟を込《こ》めた自分《じぶん》だけの魔法《まほう》を、誰《だれ》かのために使《つか》えるようにならなければいけません」

そう言《い》って、先生《せんせい》はステッキを一振《ひとふ》りして、小《ちい》さなケースを出《だ》しました。

フタを開《あ》けると、いくつもの小《ちい》さな小《ちい》さな、宝石《ほうせき》のような粒《つぶ》が並《なら》んでいます。

「これは、ジュエルキャンディです。魔法《まほう》が誰《だれ》かに届《とど》いたときに、あらわれるものです」

先生《せんせい》はジュエルキャンディの粒《つぶ》のひとつを手《て》にしました。

すると、肩《かた》にいた赤《あか》い鳥《とり》がふわりと舞《ま》い、ジュエルキャンディをぱくり

★ミニクイズ15★　パンを見《み》ると思《おも》わず叫《さけ》びだしてしまう動物《どうぶつ》は？

と食《た》べてしまいます。

みんな、驚《おどろ》きの声《こえ》をあげました。

「このジュエルキャンディをパートナーが食《た》べると、みなさんとパートナーの魔《ま》法《ほう》は、どんどん、強《つよ》くなっていきます」

ミナト先生《せんせい》はにこりと微笑《ほほえ》み、話《はなし》を続《つづ》けました。

「そのために、みなさんはこれから、魔《ま》法《ほう》で、このオーロラアイランドにいる誰《だれ》かのためのお仕事《しごと》をしてください。島《しま》のひとを助《たす》けたり手伝《てつだ》ったりして、ジュエルキャンディを集《あつ》め、一人前《いちにんまえ》の魔法使《まほうつか》いを目指《めざ》しましょう」

ミニクイズ15の答《こた》え　パンダ

ソラはぎゅっとステッキを握《にぎ》りしめました。
(誰《だれ》かのための仕事《しごと》……わたしにできるかなぁ)
ヨルはツキを抱《だ》きしめます。
みんなも少《すこ》し不安《ふあん》になっていました。
「大丈夫《だいじょうぶ》です。そのために、アカデミーでは、魔法《まほう》の使《つか》い方《かた》を教《おし》えます」
ミナト先生《せんせい》は、胸《むね》を張《は》って言《い》いました。

・-★-・-★-・-★-・

話《はなし》を終《お》えると、ミナト先生《せんせい》はみんなを連《つ》れて外《そと》に移動《いどう》しました。
校舎《こうしゃ》を出《で》てすぐの広場《ひろば》にみんなが並《なら》びます。
「魔法《まほう》とは【なにかを動《うご》かす】ことです。これは、魔法使《まほうつか》い全員《ぜんいん》に共通《きょうつう》し

★ミニクイズ16★ なかは黄色《きいろ》、そとは緑色《みどりいろ》のかたーい食《た》べ物《もの》はなんだ?

た魔法《まほう》です」

そう言《い》って、ミナト先生《せんせい》はステッキをホウキくらいの大《おお》きさに変化《へんか》させました。

驚《おどろ》きの声《こえ》が広《ひろ》がります。

「では、みなさんも【ステッキの大《おお》きさを動《うご》かす】ことをしましょう」

そんなことできるのでしょうか。

「さっきと同《おな》じように、〝想《おも》い〟をステッキに届《とど》けてください」

ソラとヨルは、言《い》われたようにステッキを握《にぎ》りしめました。

想《おも》いを伝《つた》える。

ヨルは強《つよ》く思《おも》います。

ミニクイズ16の答《こた》え かぼちゃ

（大《おお》きくなって！）

とても難《むずか》しいことのように思《おも》えたけれど、ステッキはしゅんっと、あっという間《ま》に大《おお》きくなりました。

大《おお》きくなったステッキは、ほんの少《すこ》しデザインがかわっていました。

「ヨル、すごい！」

なんとヨルがいちばんにできたようです。

「でも、ちょっと、大《おお》きいかも……」

ヨルのステッキは、ヨルの身長《しんちょう》よりもずっと大《おお》きくなっていました。

ミナト先生《せんせい》が近《ちか》づいてきて、

「すごいですね。でも、もう少《すこ》し小《ちい》さくできますか？」

★ミニクイズ17★　おひめさまも王子《おうじ》さまも持《も》っているお菓子《かし》は？

「は、はい！」

言《い》われてすぐに、ヨルはステッキをイメージどおりのサイズにしました。

「ヨルさんは、気持《きも》ちを伝《つた》えるのが得意《とくい》なんでしょうね」

先生《せんせい》に褒《ほ》められて、ヨルははにかみます。

生徒《せいと》たちが、ひとり、またひとりとステッキを大《おお》きくします。

でもソラは苦手《にがて》なようで、なかなかうまくできません。

ヨルにコツを教《おし》えてもらい、やっとのことでできました。

生徒《せいと》の中《なか》でソラは最後《さいご》でした。

「練習《れんしゅう》すればすぐにできるようになるよ」

肩《かた》を落《お》とすソラをヨルが慰《なぐさ》めます。

「うん、がんばる！」

ヨルの励《はげ》ましに、ソラは気合《きあ》いを入《い》れました。

アカデミーはまだはじまったばかりです。

「では次《つぎ》に、ステッキにまたがり、飛《と》んでみましょう」

ふわりと地面《じめん》から足《あし》が離《はな》れて、ふわふわと宙《ちゅう》に浮《う》いている先生《せんせい》に、ソラは憧《あこが》れます。

（あんなふうに飛《と》びたい！）

（飛《と》んで、いろんな場所《ばしょ》に行《い》きたい！）

そう思《おも》った途端《とたん》、

「わあ！」

ソラはぴょんっと飛び跳《は》ねるように浮《う》きました。まだ、ホウキにまたがることもできていなかったのに！

「わ、わわ」

なぜか体《からだ》は羽《はね》のように軽《かる》くなり、まったくコントロールができません。

どうすればいいのかパニックになっていると、

★ミニクイズ18★ 車《くるま》が10個《こ》あつまってできた家具《かぐ》はなに？

「ソラさん！　ホウキにまたがってください！」

ミナト先生《せんせい》が地上《ちじょう》から叫《さけ》びます。

ソラは空中《くうちゅう》で暴《あば》れる体《からだ》をなんとか動《うご》かし、ミナト先生《せんせい》に言《い》われたようにホウキにまたがりました。

すると、不思議《ふしぎ》なことに、動《うご》きが落《お》ち着《つ》きました。体《からだ》の中《なか》からあふれ出《で》ていたなにかが、すうっと静《しず》まるような感覚《かんかく》がします。

ステッキは、魔法《まほう》の力《ちから》を落《お》ち着《つ》かせてくれる役目《やくめ》もあるのです。誰《だれ》よりもはやく、そして高《たか》く飛《と》んだソラを、みんなは尊敬《そんけい》の眼差《まなざ》しで見《み》ていました。

「降《お》りられますか？」

先生《せんせい》が下《した》から呼《よ》びかけてきました。

「はい！」

返事《へんじ》をしてさっきよりも慎重《しんちょう》に、意識《いしき》を集中《しゅうちゅう》させました。

ソラはゆっくりと、地面《じめん》に降《お》り立《た》ちます。

「ソラさんは、動《うご》くことが得意《とくい》なんですね」

ミナト先生《せんせい》は言《い》いました。

ミニクイズ18の答《こた》え　カーテン

みんなが飛《と》べるようになっても、ソラほど高《たか》く飛《と》んだ子《こ》はいませんでした。

ときには、横《よこ》にしか移動《いどう》できない子《こ》もいます。

ヨルは最後《さいご》まで、数《すう》センチも浮《う》くことができませんでした。

けれど先生《せんせい》は、

「これから少《すこ》しずつ、できるようになりますよ」

とみんなを励《はげ》まします。

「今《いま》できなくても落《お》ち込《こ》む必要《ひつよう》はありません。みなさんにはひとりひとり、得意《とくい》なことと苦手《にがて》なことがあるものですからね」

ソラはミナト先生《せんせい》の言葉《ことば》にはっとします。

★ミニクイズ19★ 林《はやし》に鬼《おに》が閉《と》じ込《こ》められている漢字《かんじ》はなんだ？

得意《とくい》なことと苦手《にがて》なこと。

ソラは体《からだ》を動《うご》かすのが得意《とくい》です。ヨルは、ひとの気持《きも》ちに敏感《びんかん》です。

ふたごでも、ふたりはちがいます。

ソラとヨルの性格《せいかく》はちがっていて、感《かん》じることも同《おな》じではありません。

誰《だれ》ひとりとして、同《おな》じひとはいません。

ひとの数《かず》だけ、〝想《おも》い〟があるのです。

そして。

「苦手《にがて》なことはできるようになって、得意《とくい》なことは誰《だれ》にも真似《まね》できないくらい、自分《じぶん》の自慢《じまん》にできるくらい、伸《の》ばしていきましょう。それが、みなさんだけの魔法《まほう》になります」

ミニクイズ19の答《こた》え　魔《ま》

自分《じぶん》だけの魔法《まほう》。

みんなは心《こころ》の中《なか》でミナト先生《せんせい》の言葉《ことば》を繰《く》り返《かえ》しました。

(ああ、だから、無限《むげん》の可能性《かのうせい》があるんだ!)

それは、自分《じぶん》たちに無限《むげん》の可能性《かのうせい》がある、ということです。

誰《だれ》よりも先《さき》に飛《と》んだソラは、コントロールできるようになろう、と決意《けつい》しました。

大《おお》きさをかえるのが上手《じょうず》だったヨルは、いつか一回《いっかい》で思《おも》い描《えが》いた形《かたち》にできるようになりたい、と思《おも》いました。

「ようし!　がんばろう!」

ソラとヨルは手《て》を取《と》り気合《きあ》いを入《い》れました。

★ミニクイズ20★　ハンバーグとパンが一緒《いっしょ》になった食《た》べ物《もの》は?

ソラ&ヨルと
いっしょに大《だい》冒《ぼう》険《けん》！
レインボーめいろ
行《い》き止《ど》まりにひっかから
ないように進《すす》んでみて！
ール
スタート
ちょっと難《むずか》しいね…
こたえはこの本《ほん》の
最後《さいご》のページにあるよ！
(P.199)

5

クラスメイトの魔法《まほう》

アカデミーで魔法《まほう》を学《まな》びはじめて、数日《すうじつ》が経《た》ちました。

「難《むずか》しいねえ……魔法《まほう》って」

はあっとヨルがため息《いき》をつきました。

いつもなら「諦《あきら》めずにがんばろう！」と勇気《ゆうき》づけるソラも、

「そうだねえ」

と同《おな》じように肩《かた》を落《お》としています。

ふたりとも、なかなか魔法《まほう》のコン

ミニクイズ20の答《こた》え　ハンバーガー

トロールができないでいるのです。

ソラは飛《と》ぶことはできても、行《い》きたい場所《ばしょ》に向《む》かったり、スピードを調《ちょう》整《せい》することができません。ホウキがあってなんとか、空中《くうちゅう》であたふたせずに済《す》んでいるだけです。

ヨルも、一回《いっかい》で思《おも》い描《えが》く大《おお》きさに物《もの》を変化《へんか》させることができないままです。大《おお》きすぎたり、小《ちい》さすぎたりして、すぐパニックになってしまいます。

他《ほか》の生徒《せいと》は、みんなふたりよりもずっと上手《じょうず》に魔法《まほう》を使《つか》いはじめていました。

ユーリやマドカも、ふたりよりもずっとスムーズになっていました。

このままでは、魔法《まほう》を誰《だれ》かに届《とど》けることもできません。

★ミニクイズ21★ 誕生日《たんじょうび》が一緒《いっしょ》の姉妹《しまい》だけど、ふたごじゃないふたり。なんで？

ジュエルキャンディを集《あつ》めることも、できません。
焦《あせ》れば焦《あせ》るほど、ふたりはうまく使《つか》えなくなってい
るのです。
「今日《きょう》は息抜《いきぬ》きにお出《で》かけでもしたらあ？」
落《お》ち込《こ》んでいるふたりに、アオイが言《い》いました。
「それがいいよ、せっかくの休日《きゅうじつ》なんだから、外《そと》に出《で》
よう！」
ツキがヨルの机《つくえ》の上《うえ》で飛《と》び跳《は》ねながら叫《さけ》びます。
ソラとヨルは考《かんが》えます。
たしかに、じっと部屋《へや》の中《なか》にいると、ますます魔法《まほう》

が使《つか》えなくなるような気《き》がしてきました。

それに、窓《まど》の外《そと》には真《ま》っ青《さお》なきれいな空《そら》が広《ひろ》がっています。

「そうだね！」

ふたりは出《で》かけることにしました。

手《て》のひらサイズに小《ちい》さくなったステッキのついたペンダントを首《くび》にかけて準備《じゅんび》をします。

小《ちい》さなステッキには、ソラは水色《みずいろ》の、ヨルはピンクのリボンが結《むす》ばれています。

これは、ママがくれた誕生日《たんじょうび》プレゼントについていたものです。

「おいしいもの食《た》べたいなあ」

ミニクイズ21の答《こた》え　三《み》つ子《ご》以上《いじょう》（四《よ》つ子《ご》、五《いつ》つ子《ご》…）だから

「きらきらしたものを部屋《へや》に飾《かざ》って！」

パートナーのアオイとツキは、目《め》を輝《かがや》かせています。

「せっかく出《で》かけるなら、おもいきり楽《たの》しまなくっちゃあ」

アオイが目《め》を細《ほそ》めて言《い》いました。

落《お》ち込《こ》んだままでは、楽《たの》しいことを見逃《みのが》してしまうかもしれません。

ふたりは気持《きも》ちを切《き》り替《か》えて、軽《かる》い足取《あしど》りで外《そと》に出《で》かけました。


しばらく歩《ある》くと、華《はな》やかな街並《まちな》みが目《め》の前《まえ》に広《ひろ》がります。

左右《さゆう》に、さまざまな店《みせ》が並《なら》んでいました。

洋服《ようふく》にアクセサリー、雑貨《ざっか》に文具《ぶんぐ》。

おしゃれなカフェもあります。

「そういえば、こうして歩《ある》くのはじめてだね！」

「ステキ！」

ふたりはわくわくと、さまざまな店《みせ》を見《み》てまわりました。

そばにいるアオイもツキも、楽《たの》しそうにしています。どうやらパートナーたちも、外《そと》に出《で》るのははじめてのようです。

あれがほしいこれがほしい、あそこに行《い》こうと声《こえ》を上《あ》げていました。

「あ、そういえば、もうすぐパパたちに手《て》紙《がみ》も出《だ》せるんだよね」

「そのためのレターセットも買《か》いたいね！」

年《ねん》に数回《すうかい》しか会《あ》うことができない家族《かぞく》には、月《つき》に一度《いちど》、手紙《てがみ》を送《おく》ること

★ミニクイズ22★　ふたつならべると笑顔《えがお》になる数字《すうじ》は、何《なに》と何《なに》？

ができます。
ふたりはそのことを思《おも》い出《だ》し、文《ぶん》具《ぐ》店《てん》にはいりました。
（いつか、ママにも手《て》紙《がみ》を届《とど》けたいな）
ヨルは、夜《よ》空《ぞら》がきれいなレターセットを手《て》にして思《おも》いました。
ソラも、
（ママに会《あ》いに行《い》けたらいいのになあ）

と、青空《あおぞら》のレターセットを見《み》て考《かんが》えます。

ママはとってもすごい魔法使《まほうつか》いだとパパが言《い》っていました。

魔法使《まほうつか》いのママなら、ふたりがうまく魔法《まほう》が使《つか》えないことの相談《そうだん》にのってくれるかもしれません。アドバイスもくれるかもしれません。

けれど、ママの居場所《いばしょ》がわからないふたりは、ママに手紙《てがみ》を出《だ》すことも、会《あ》いにいくこともできません。

一人前《いちにんまえ》の魔法使《まほうつか》いになれば、きっと会《あ》えるでしょう。

ママを思《おも》うと、ふたりは前向《まえむ》きな気持《きも》ちになりました。

この気持《きも》ちをパパにも伝《つた》えなくちゃと、手紙《てがみ》を書《か》くのが楽《たの》しみになります。

ミニクイズ22の答《こた》え　2と5（にこっ）

ソラは、なんだか自分《じぶん》の体《からだ》が軽《かる》くなったように思《おも》いました。

ふたりはそれぞれ気《き》に入《い》ったレターセットとカラーペンを買《か》って、店《みせ》を出《で》ました。

・✩・・✩・・✩・

すると、ふたり同時《どうじ》にくうっとお腹《なか》が鳴《な》ります。

「お腹《なか》すいたね」

「なにか買《か》って帰《かえ》ろう！」

アオイとツキも「そうしよう！」とうれしそうに言《い》いました。

せっかくなら、マドカとユーリにもお土産《みやげ》を買《か》って帰《かえ》ろうと、ふたりは相談《そうだん》します。

みんなで食《た》べたら、きっともっとおいしくなります。

それに、気分《きぶん》もあがるはずです。

ふたりはおいしそうなお店《みせ》を探《さが》しました。

そして、マカロンの看板《かんばん》が立《た》っている洋菓子店《ようがしてん》を見《み》つけました。

色《いろ》とりどりのマカロンはかわいくておいしそうです。

けれど。


「……ちょっと、高《たか》いね」

ヨルがつぶやきました。

手持《ても》ちのお小遣《こづか》いが、足《た》りません。

残念《ざんねん》に思《おも》っていると、

「あら、ソラとヨル？」

中《なか》から女《おんな》の子《こ》の声《こえ》が聞《き》こえてきました。

「チカ？　なにしてるの」

なんと、店員《てんいん》さんのかっこうをしたチカが立《た》っていたのです。

チカはソラとヨルの同級生《どうきゅうせい》です。

ゆるくまかれた髪《かみ》の毛《け》に、フリルのついたエプロンを着《き》たチカは、とってもかわいい姿《すがた》でした。

彼女《かのじょ》の肩《かた》には、パートナーの小《ちい》さなクジャクがとまっていました。虹色《にじいろ》のクジャクは、無言《むごん》でソラとヨルを見《み》つめ返《かえ》します。

チカのまわりには、いつも彼女《かのじょ》と一緒《いっしょ》にいるふたりの女《おんな》の子《こ》、アンリとキョウもいました。

「ふたりこそ、なにしてるの」

ヨルは、チカが怒《おこ》っているように感《かん》じました。

どうしてそう思《おも》うのかは、わかりません。ただ、胸《むね》がヒリヒリとしたのです。

「お土産《みやげ》にお菓子《かし》を買《か》って帰《かえ》ろうと思《おも》って」

「マカロン買《か》うの？」

ミニクイズ23の答《こた》え　目《め》（アイ）

「買《か》いたかったけど、お金《かね》が足《た》りないかなあ……」

ソラの返事《へんじ》を聞《き》いて、チカたちはぷっと噴《ふ》き出《だ》しました。

「このお店《みせ》は、ふたりにはまだはやいってことね」

「残念《ざんねん》ね」

そばにいるふたりもクスクスとばかにしたように笑《わら》っています。

ヨルは恥《は》ずかしくなりました。胸《むね》の中《なか》がチリチリと痛《いた》みます。

「なんでそんないじわるなこと言《い》うの」

ソラが言《い》い返《かえ》すと、チカはステッキを取《と》りだしました。

「ふたりは、こんなふうにすぐに取《と》りだすこともできないでしょ」

ふふんと言《い》われて、ソラはなにも言《い》えなくなります。

チカの言《い》うとおり、ふたりはまだ、うまくサイズを調整《ちょうせい》できません。

けれど、チカは、すぐにコントロールができるようになっています。ホウキにすることもできるうえに、またがって飛《と》ぶこともスムーズです。

チカは、クラスメイトの中《なか》で、とても優秀《ゆうしゅう》でした。

そんなチカに、ソラもヨルも憧《あこが》れていました。でも、チカは、魔《ま》法《ほう》があまり上達《じょうたつ》しないふたりに、いつもいじわるなことを言《い》ってくるのです。

「私《わたし》はここで、ジュエルキャンディを集《あつ》めてるの」

「え、もう？」

「私《わたし》が得《と》意《くい》な魔《ま》法《ほう》は、きれいに飾《かざ》りつけることなの。だからこの店《みせ》で、この店《みせ》とお菓《か》子《し》をきれいにして、たくさんのひとを惹《ひ》きつけるの」

★ミニクイズ24★　ネズミが4匹《ひき》あつまって食《た》べていたごはんはなに？

チカはふふんと胸《むね》をはりました。

自分《じぶん》たちよりもずっと前《まえ》に進《すす》んでいるチカに、圧倒《あっとう》されます。

ソラとヨルは、まだ自分《じぶん》の魔法《まほう》も理解《りかい》できていないのに。

ふたりはどんどん落《お》ち込《こ》んできました。

(だめだめ、誰《だれ》かと比《くら》べちゃだめ！)

ソラは自分《じぶん》に言《い》い聞《き》かせます。

「チカちゃん、これお願《ねが》いできるー？」

キッチンにいる店員《てんいん》さんに呼《よ》ばれて、チカは振《ふ》り返《かえ》ります。

「はあい！　任《まか》せてください！」

店員《てんいん》さんにかけよったチカは、ステッキを握《にぎ》りしめました。

ミニクイズ24の答《こた》え　シチュー

目《め》の前《まえ》には、小さな箱《はこ》が置《お》かれています。

チカは目《め》をとじました。すると、ステッキからきらきらの光《ひかり》が放《はな》たれて、クジャクの羽《はね》が輝《かがや》く緑色《みどりいろ》のリボンにかわりました。それを、チカは魔法《まほう》で箱《はこ》にきれいに巻《ま》いていきます。

リボンの色《いろ》に合《あ》わせて、ただの白色《しろいろ》だった箱《はこ》は真珠《しんじゅ》のように輝《かがや》きました。

これが、チカの〝きれいにする〟という魔《ま》法《ほう》のようです。

チカの友《とも》だちふたりは拍手《はくしゅ》をします。

ソラとヨルは、見惚《みと》れてしまいました。

本当《ほんとう》に、とってもきれいだったからです。

「ありがとう」

★ミニクイズ25★ 赤《あか》い色《いろ》と白《しろ》い色《いろ》のセットをなんて呼《よ》ぶ？

店員《てんいん》さんがお礼《れい》を言《い》うと、ぽんっとステッキの先端《せんたん》に小《ちい》さな輝《かがや》きが浮《う》かびました。

それは、ジュエルキャンディでした。魔法《まほう》が届《とど》いた証《あかし》です。

クジャクはそれをくちばしでくわえて、ぱくんと飲《の》み込《こ》みます。

「さすがチカ！　すごい！」

「すごくきれいだったよ！」

ふたりの友《とも》だちがチカに呼《よ》びかけます。

チカは「ありがとう」と言《い》ってそばに戻《もど》ってきました。

「あなたたちにはできないでしょ」

チカは自慢《じまん》げに言《い》います。

ミニクイズ25の答《こた》え　紅白《こうはく》

「うん。あたしには無理《むり》。ほんと、すごいね、チカ」

思《おも》わずソラは、素直《すなお》な感想《かんそう》を口《くち》にしました。

ソラが褒《ほ》めてくれると思《おも》っていなかったのか、チカは眉根《まゆね》を寄《よ》せます。

「褒《ほ》めたって、あんたたちの魔法《まほう》は上達《じょうたつ》しないんだからね！」

（そんなつもりで言《い》ったわけじゃないんだけどなあ）

なんでチカがこんなに自分《じぶん》たちにいじわるなのか、ソラは不思議《ふしぎ》でした。

「こんなところで遊《あそ》んでる暇《ひま》があるなら、ふたりももっと魔法《まほう》を勉強《べんきょう》したら？」

チカはそう言《い》って、ぷいっとそっぽを向《む》いて去《さ》ってしまいました。

ふたりはなにも言《い》い返《かえ》すことができず、しょんぼりしてしまいました。

★ミニクイズ26★　いつでも飛《と》び跳《は》ねている切符《きっぷ》はなに？

6

お客《きゃく》さんのいない お菓子屋《かしや》さん

「チカ、すごかったね」
帰《かえ》り道《みち》、ソラはつぶやきます。
チカは少《すこ》しいじわるです。
でも、ソラはチカの魔《ま》法《ほう》がうらやましくて、憧《あこが》れます。
(あたしもあんなふうに魔《ま》法《ほう》を使《つか》いたいなあ)
どうしたらいいのでしょうか。
ソラは、ミナト先生《せんせい》に『気《き》持《も》ちを落《お》ち着《つ》かせましょう』といつも言《い》わ

ミニクイズ26の答《こた》え　スキップ

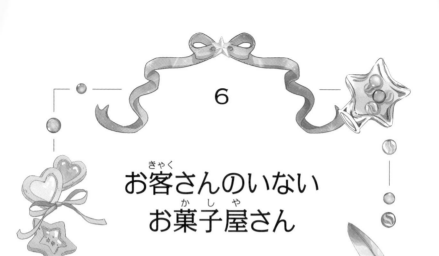

れています。

ヨルは『もっと自信《じしん》を持《も》ってください』とアドバイスをもらいます。

わかっていても、簡単《かんたん》には言《い》われたようにできません。

ふたりは腕《うで》を組《く》み、うーんと考《かんが》えます。

「あ、ねえねえ、クッキーだよ」

アオイがなにかを見《み》つけて言《い》いました。

立《た》ち止《ど》まると、そばには小《ちい》さなお店《みせ》がありました。

ガラス越《ご》しに、クッキーが並《なら》んでいるのが見《み》えます。

「手作《てづく》りクッキーのお店《みせ》『チャーム』だって」

小《ちい》さな看板《かんばん》が、風《かぜ》でゆらゆらと揺《ゆ》れています。

★ミニクイズ27★ 生徒《せいと》にひとつしかなくて、先生《せんせい》にはふたつあるものは？

でも――店《みせ》の中《なか》には誰《だれ》もいませんでした。

そのせいか、どうも暗《くら》い雰囲気《ふんいき》があります。

「……おいしいのかな？」

「うーん」

ふたりで中《なか》を覗《のぞ》いていると、厨房《ちゅうぼう》から三《み》つ編《あ》みの女《おんな》の子《こ》が出《で》てきました。

そしてすぐにソラとヨルに気《き》づき、ドアを開《あ》けます。

「いらっしゃいませ！」

満面《まんめん》の笑《え》みで店《みせ》に招《まね》かれました。

ふたりは断《ことわ》ることができず、中《なか》に足《あし》を踏《ふ》み入《い》れます。

壁《かべ》に、いくつかのクッキーが並《なら》んでいました。

ミニクイズ27の答《こた》え「せ」

Charm
手作

ジャムがはいったもの。チョコレートが混《ま》じっているもの。ナッツがのっているもの。

たくさんの種類《しゅるい》があります。

……けれど。

「なんか、変《か》わった形《かたち》だね」

つい、ソラは口《くち》にしてしまいました。

「ソラ」

「あっごめん……！」

ヨルに注意《ちゅうい》されて口《くち》を押《お》さえますが、女《おんな》の子《こ》に聞《き》こえてしまいました。

「やっぱり、おいしくなさそうかなあ」

女《おんな》の子《こ》はしょんぼりと呟《つぶや》きます。

そんなことないよ！　と否定《ひてい》しなければいけないのに、ふたりはうそがつけずにうつむきます。

彼女《かのじょ》の言《い》うように、クッキーはどれも、大《おお》きさがまちまちで、こげているものや、生焼《なまや》けのものもありました。

「えーっと、あなたが、作《つく》ったの？」

落《お》ち込《こ》む女《おんな》の子《こ》に、ソラが話《はな》しかけます。

女《おんな》の子《こ》は、ミドリと言《い》いました。年《とし》は、ソラたちよりもふたつ年上《としうえ》です。

このオーロラアイランドで暮《く》らしている、ふつうの女《おんな》の子《こ》でした。

「じつは、ここはおばあちゃんのお店《みせ》なの」

★ミニクイズ28★　トランプにたくさんまぎれている宝石《ほうせき》はなに？

ミドリちゃんは、ポロリと涙《なみだ》をこぼして話《はな》しはじめます。

ミドリちゃんは、おばあさんとのふたり暮《ぐ》らしでした。

おばあさんは毎日《まいにち》、この店《みせ》でクッキーを焼《や》いていました。とてもおいしく、島《しま》のひとはもちろん、アカデミーの生徒《せいと》にも大人気《だいにんき》のお店《みせ》だったようです。

けれど、おばあさんは数《すう》ヶ月前《かげつまえ》、病気《びょうき》で倒《たお》れてしまいました。

おばあさんが元気《げんき》になるまでは、まだまだ時間《じかん》がかかります。

「それまで、私《わたし》が店《みせ》を守《まも》ろうって思《おも》ったんだけど……なかなか、おばあ

ミニクイズ28の答《こた》え　ダイヤ

ちゃんみたいに作《つく》れなくて」

失敗《しっぱい》ばかりで、次第《しだい》にお客《きゃく》さんは来《こ》なくなってしまったようでした。

ミドリちゃんはしくしくと涙《なみだ》を流《なが》します。

ソラとヨルはどうしていいかわかりませんでした。

「おばあちゃんに、お店《みせ》のことは心配《しんぱい》しないでって言《い》いたいのに。でも、どうしたらいいのか、わからないの」

ミドリちゃんにとって、おばあちゃんも、この店《みせ》も、とても大事《だいじ》な存在《そんざい》なのでしょう。

きっと、かつてはたくさんのひとがクッキーを買《か》いにきたはずです。

でも今《いま》は、誰《だれ》も店《みせ》の前《まえ》で足《あし》を止《と》めません。

★ミニクイズ 29★　10円玉《えんだま》と100円玉《えんだま》、重《おも》いのはどっち？

「このままじゃ……お店《みせ》を閉《し》めなくちゃいけなくなっちゃう」

ミドリちゃんが涙《なみだ》をぬぐいます。

「ごめんね、急《きゅう》にこんな話《はなし》して、困《こま》るよね」

無理《むり》して笑《わら》うミドリちゃんに、ヨルは胸《むね》が痛《いた》みました。

「泣《な》いてる場合《ばあい》じゃないよね。がんばらなくちゃ」

気合《きあ》いを入《い》れるミドリちゃんを、ソラは応援《おうえん》したいと強《つよ》く思《おも》いました。

・—☆—・—☆—・—☆—・

「それで、このクッキーなんだねえ」

真《ま》っ黒《くろ》のクッキーを手《て》にして、アオイが言《い》います。

「おばあちゃんのレシピがないって言《い》ってたもんね」

ミニクイズ29の答《こた》え　100円玉《えんだま》

ソラが一口《ひとくち》食《た》べて、苦《にが》さに顔《かお》をしかめました。

クッキーは、正直《しょうじき》おいしいとは言《い》えない味《あじ》でした。

少《すこ》しでもなにかしてあげたくて、ふたりは数枚《すうまい》のクッキーを買《か》って帰《かえ》ったのですが、どうやらミドリちゃんはお菓子《かし》作《づく》りが苦手《にがて》なようです。

レシピがあればよかったのですが、

おばあさんのクッキーにはレシピがないのだと教《おし》えてくれました。

おばあさんに聞《き》きたくても、病院《びょういん》はオーロラアイランドの港《みなと》とは反対側《はんたいがわ》にあるのです。徒歩《とほ》で行《い》くにはとても時間《じかん》がかかります。

なので、おばあさんのお見舞《みま》いも、なかなかできないようでした。

「ひとりだから余計《よけい》に、さびしいだろうね」

ヨルがつぶやきます。

ヨルも、お母《かあ》さんがいないこと、家族《かぞく》と離《はな》れてこの島《しま》にやってきたこと、どちらも不安《ふあん》でさびしかったのを思《おも》い出《だ》します。

でも、ヨルにはいつもそばに、ソラがいてくれました。

もしもソラがいなくて、ひとりぼっちだったら。

想像《そうぞう》するだけで、ヨルは心細《こころぼそ》くなります。

胸《むね》が、しくしくと痛《いた》みます。

まるで、ミドリちゃんの悲《かな》しみがヨルに伝《つた》わってきているようです。

「ヨル、泣《な》きそうな顔《かお》してるよ」

ソラはヨルの頭《あたま》をやさしく撫《な》でます。

「ミドリちゃんが泣《な》いてたから……」

昔《むかし》から、ヨルは目《め》の前《まえ》で泣《な》いている子《こ》がいると、自分《じぶん》も悲《かな》しくなってしまうのです。

「なんだか、すごく胸《むね》が痛《いた》いの」

ヨルは自分《じぶん》の胸《むね》をぎゅっと押《お》さえます。

★ミニクイズ30★　自分《じぶん》が大《おお》きくなると小《ちい》さくなるものってなに？

ミドリちゃんの気持《きも》ちが胸《むね》に広《ひろ》がるのです。

――おばあちゃんに聞《き》きたい。

――おばあちゃんに伝《つた》えたい。

ミドリちゃんはずっと、そんな想《おも》いを胸《むね》に溜《た》めこんでいました。

（ミドリちゃんのこの気持《きも》ちを、おばあちゃんに伝《つた》えられたらいいのに）

ヨルは思《おも》います。

（そして、おばあちゃんの気持《きも》ちもミドリちゃんに伝《つた》えられたら、お互《たが》いに、きっと安心《あんしん》するはず）

離《はな》れていても、気持《きも》ちがつながればいいのに。伝《つた》わればいいのに。

（わたしにそれができればいいのに）

そう思《おも》った瞬間《しゅんかん》、ヨルの胸《むね》からぱあっと光《ひかり》が放《はな》たれました。

「え？　え？　なに！」

誕生日《たんじょうび》のときにも似《に》たようなことがおこったことを、ヨルとソラは思《おも》い出《だ》します。

体《からだ》からあふれた光《ひかり》が目《め》の前《まえ》のクッキーに吸《す》い込《こ》まれて――それは、ひとつひとつがピンク色《いろ》の封筒《ふうとう》にかわりました。

ミニクイズ30の答《こた》え　服《ふく》や靴《くつ》

「ヨルの魔法《まほう》！」

一枚《いちまい》の封筒《ふうとう》をつかんだツキが弾《はず》んだ声《こえ》で言《い》いました。

意味《いみ》がわからず、ヨルは首《くび》を傾《かし》げます。

「ヨルは、気持《きも》ちを物《もの》に込《こ》めることができるんだね。誰《だれ》かの気持《きも》ちが込《こ》もった物《もの》に、ヨルが〝想《おも》い〟を込《こ》めるんだよ」

「それが、なんで封筒《ふうとう》になるのかな？」

質問《しつもん》をしたのはソラでした。その言葉《ことば》に、ヨルははっとします。

「手紙《てがみ》だ！　わたしが、届《とど》けたいって思《おも》ったから」

ヨルは、ミドリちゃんの気持《きも》ちをおばあちゃんに届《とど》けたいと思《おも》いました。

ヨルの胸《むね》が光《ひか》るとき、ヨルはいつも、誰《だれ》かになにかを伝《つた》えたいと、そんな〝想《おも》い〟を抱《いだ》いていました。

「これが、わたしの〝想《おも》い〟？」

まだ実感《じっかん》のないヨルに、ソラが笑顔《えがお》を向《む》けます。

「ヨルらしい、ステキな魔法《まほう》だね」

ソラは心《こころ》から思《おも》って言《い》いました。

（やさしいヨルにぴったりだ）

ヨルは人見知《ひとみし》りで、引《ひ》っ込《こ》み思案《じあん》です。

けれど、ひとの気持《きも》ちにとっても敏感《びんかん》でした。

困《こま》っている子《こ》がいると、誰《だれ》よりもはやく気《き》づくのです。それは、ヨルがやさしいからでしょう。

★ミニクイズ31★　ハチが３匹《びき》ではこんできてくれたものは？

そしてソラは、ヨルのためにも、なんとかしたいと思《おも》いました。

泣《な》いていたミドリちゃんの気持《きも》ちを、ヨルは受《う》け止《と》めました。

では、自分《じぶん》にはなにができるんだろう。ソラは考《かんが》えました。

気持《きも》ちは、相手《あいて》に届《とど》けなければいけません。

(届《とど》けるためには、会《あ》いにいかないと)

ミドリちゃんのおばちゃんのところまで。

病院《びょういん》はとても遠《とお》いと言《い》っていました。でも、がんばれば行《い》けるはず。

行《い》かなければ、ヨルが受《う》け取《と》ったミドリちゃんの気持《きも》ちは、おばあさんには渡《わた》せません。

(行《い》けばいいんだ)

ミニクイズ31の答《こた》え　はちみつ

自分《じぶん》にはできるはずだと、そう思《おも》いました。

（直接会《ちょくせつあ》わないと！）

ソラの強《つよ》い〝想《おも》い〟に、アオイがふわりと浮《う》きました。同時《どうじ》に、ソラの体《からだ》も宙《ちゅう》に浮《う》きます。

「きゃあああ！」

突然床《とつぜんゆか》が自分《じぶん》の体《からだ》から離《はな》れて、ソラは慌《あわ》てます。

「ソラは、誰《だれ》かのところに行《い》きたいっていう〝想《おも》い〟があるんだねえ」

ぐるぐると宙《ちゅう》で動《うご》きながら、のんびりした口調《くちょう》でアオイが言《い》います。

アオイの言葉《ことば》に、ママに会《あ》いたいと思《おも》ったとき、自分《じぶん》の体《からだ》が浮《う》いたことを、ソラは思《おも》い出《だ》しました。

★ミニクイズ32★　イスはイスでも空《そら》を飛《と》ぶことのできるイスはなに？

（すごい！　ソラ）

ヨルは感激《かんげき》しました。

いつだってソラは、誰《だれ》かのために動《うご》く、ヨルにとってかっこいいふたごのお姉《ねえ》さんでした。

ヨルの〝想《おも》い〟は、ヨルにぴったりです。——けれど。

「ど、どうしたら降《お》りられるの？　全然《ぜんぜん》コントロールできない！」

パニックになったソラは、天井《てんじょう》に

貼《は》りつくような状態《じょうたい》で叫《さけ》びます。

体《からだ》をバタバタさせてなんとか降《お》りようとしますが、あっちこっちに動《うご》くだけで、思《おも》うように移動《いどう》できません。

「うーん、ペンダントを握《にぎ》ってみたらどうかなあ」

ソラと同《おな》じように、うまく飛《と》べていないアオイが提案《ていあん》します。

先生《せんせい》にもよく言《い》われることを思《おも》い出《だ》し、ソラは慌《あわ》ててペンダントを握《にぎ》りしめました。

すると、ホウキに変化《へんか》したステッキが現《あらわ》れます。

すぐさままたがると、あふれた〝想《おも》い〟が落《お》ち着《つ》きだして、ソラとアオイはゆっくりと床《ゆか》に降《お》りることができました。

ミニクイズ32の答《こた》え　ウグイス

「ヨルもステッキを使《つか》えていたら、こんなふうに全部《ぜんぶ》のクッキーを手紙《てがみ》にしちゃわなかっただろうね」

ツキはたくさんの封筒《ふうとう》を見《み》てため息《いき》を吐《つ》きました。目《め》の前《まえ》にあったクッキーは、すべて手紙《てがみ》になってしまったのです。

ソラもヨルも、ついつい魔法《まほう》が暴走《ぼうそう》してしまうようです。

「つまり、ステッキがあれば、あたしたちは魔法《まほう》を上手《じょうず》に使《つか》えるってことだよね」

前向《まえむ》きなソラはステッキを握《にぎ》りしめて言《い》います。

ソラとヨルは、自分《じぶん》だけの、魔法《まほう》を見《み》つけました。

この想《おも》いを見《み》つけることができたのは、ミドリちゃんのおかげです。

そして、ミドリちゃんのために、自分《じぶん》たちができることがあるなら、やってみたいと思《おも》いました。

ふたりの気持《きも》ちに、アオイとツキは気《き》づきます。

「……あたしたちに、できるかな？」

ヨルはパートナーに聞《き》きます。

「まあ……やってみなきゃわかんないけど、できるんじゃないかなあ」

「うん。魔法《まほう》を使《つか》わないと、上達《じょうたつ》しないしね」

アオイとツキが答《こた》えました。

「やろう！」

ソラは叫《さけ》びました。

★ミニクイズ33★　カメはカメでもかくれんぼが得意《とくい》なカメってなに？

7

想《おも》いを込《こ》めて、空《そら》を飛《と》んで

ソラとヨルは、アオイとツキを連《つ》れて、再《ふたた》びミドリちゃんのお店《みせ》に向《む》かいました。

さっき、ヨルがクッキーに気持《きも》ちを込《こ》めましたが、あらためてミドリちゃんに会《あ》ったほうがいいと、ツキに言《い》われたからです。

というのも、まだふたりとも半人《はんにん》前《まえ》の魔法使《まほうつか》いだから。

たくさんの手紙《てがみ》を全部《ぜんぶ》おばあさん

ミニクイズ33の答《こた》え　カメレオン

に渡《わた》すよりも、ひとつに込《こ》めたほうがいい、とアドバイスももらいました。

そして、ソラもアオイに、クッキーを届《とど》けに行《い》くためには、おばあさんのことについてミドリちゃんから話《はなし》を聞《き》かないといけない、と言《い》われました。

「ミドリちゃん！」

「どうしたの、ふたりとも」

ドアを勢《いきお》いよくあけて店《みせ》にはいってきたふたりに、ミドリちゃんは驚《おどろ》きました。

「ミドリちゃんの気持《きも》ち、あたしたちがおばあちゃんに伝《つた》えるよ！」

ソラがミドリちゃんの手《て》をにぎって言《い》います。

★ミニクイズ34★ 気合《きあ》いの入《はい》っているお魚《さかな》は？

「どういうこと？」

「わたし、ミドリちゃんの気持《きも》ちをクッキーに込《こ》めることができるの。そしてそれを、ソラが届《とど》けるの」

「……もしかして、ソラが魔法《まほう》で？」

ミドリちゃんが目《め》を瞬《またた》かせます。

「そうだよ！」

ソラとヨルは、同時《どうじ》に答《こた》えました。

ミドリちゃんはふたりを見《み》てから、そばにいるアオイとツキにも視線《しせん》を

向《む》けます。

そして、

「本当《ほんとう》に？」

と言《い》って、泣《な》きながら笑《わら》いました。


ミドリちゃんは並《なら》んでいたクッキーから、いちばん上手《じょうず》にできたと思《おも》える一枚《いちまい》を持《も》ってきて、透明《とうめい》の袋《ふくろ》に入《い》れました。

それを目《め》の前《まえ》におき、両手《りょうて》を握《にぎ》りしめて、おばあちゃんへのメッセージを心《こころ》の中《なか》で叫《さけ》びました。

ミニクイズ34の答《こた》え　エイ

ありがとう、おばあちゃん、今《いま》、どうしてる？
おばあちゃんが元気《げんき》になって
戻《もど》ってくるまで、
お店《みせ》は私《わたし》が守《まも》るからね。

――でも、やっぱり
おばあちゃんがいなくて、さびしいよ。
おばあちゃん、会《あ》いたいよ。

ペンダントをステッキにして、ヨルはしっかりと握《にぎ》りしめました。
ミドリちゃんの想《おも》いが、ヨルに伝《つた》わってきます。
（この気《き》持《も》ちを、まるっと、おばあちゃんに伝《つた》えたい！）
ステッキから、光《ひかり》が放《はな》たれました。
「集中《しゅうちゅう》だよ、ヨル」
足元《あしもと》のツキがやさしく言《い》います。

でもおばあちゃん、
心配《しんぱい》はしないで。
私《わたし》はがんばるから、待《ま》ってるから。

★ミニクイズ35★　体《からだ》の中《なか》で、ため息《いき》をついている部位《ぶい》はどこ？

ミドリちゃんの〝想《おも》い〟の強《つよ》さに、ヨルの手《て》に力《ちから》がこもります。

ミドリちゃんの胸《むね》から丸《まる》い光《ひかり》が、ステッキに引《ひ》き寄《よ》せられるように出《で》てきました。

それが、目《め》の前《まえ》にあった一枚《いちまい》のクッキーに吸《す》い込《こ》まれた瞬間《しゅんかん》――オレンジ色《いろ》の封筒《ふうとう》にかわりました。

ツキはそれを受《う》け取《と》ると、封筒《ふうとう》よりもずっと小《ちい》さなポシェットに入《い》れました。

ヨルのパートナーであるツキは、ポシェットに気持《きも》ちの込《こ》もった手紙《てがみ》を入《い》れることができるのです。

「じゃあ次《つぎ》は、あたしね」

ミニクイズ35の答《こた》え　歯《は》

ソラは気合《きあ》いを入《い》れてペンダントを握《にぎ》りました。

すると、これまで何度《なんど》も失敗《しっぱい》したのに、なぜかすんなりと、イメージした大《おお》きさにすることができました。

不思議《ふしぎ》と、ソラは自分《じぶん》がなにをするべきかがわかりました。

頭《あたま》の上《うえ》にアオイをのせて、ミドリちゃんにステッキを向《む》けます。

ミドリちゃんが会《あ》いたいひとは、どんなひとで、どこにいるのでしょうか。

目《め》をつむると、ミドリちゃんが会《あ》いたいと思《おも》うおばあさんが頭《あたま》の中《なか》に浮《う》かんできました。そして、そのひとがどこにいるのかも。

どこかにつながる感覚《かんかく》が、ステッキから伝《つた》わってきます。

★ミニクイズ36★　ピンクと水色《みずいろ》、混《ま》ぜたらどんな色《いろ》？

雲《くも》のようなやわらかな空気《くうき》が、ソラの体《からだ》を包《つつ》むように広《ひろ》がるのがわかりました。

アオイのひげがピクピクと動《うご》きました。

「この距離《きょり》なら案内《あんない》できるよお、ソラ」

アオイがそう言《い》って、店《みせ》の外《そと》に出《で》ます。

アオイは、ソラが感《かん》じ取《と》った場所《ばしょ》に、案内《あんない》することができるのです。

丸《まる》い目《め》が、黄色《きいろ》に輝《かがや》きました。背中《せなか》の羽《はね》をぱたぱたと動《うご》かし、宙《ちゅう》に浮《う》かびます。

「行《い》こう、ソラ」

「……うん！」

ミニクイズ36の答《こた》え　薄紫《うすむらさき》

アオイに呼《よ》びかけられて、ソラは返事《へんじ》をします。すると、ソラの体《からだ》も自《し》然《ぜん》と浮《う》きました。

ステッキをホウキにしてまたがると、スムーズに空《そら》を飛《と》ぶことができました。

ヨルはまだ空《そら》を飛《と》ぶことが苦手《にがて》です。飛《と》んで行《い》くアオイとソラの姿《すがた》に戸《と》惑《まど》っていると、ソラが手《て》を伸《の》ばしてきました。

「ほら、ヨルも行《い》くでしょう」

ふたり一緒《いっしょ》に。

ヨルはソラの手《て》をしっかりと握《にぎ》りしめ、そしてツキを胸《むね》に抱《だ》きしめます。

ソラの力《ちから》で、ヨルの体《からだ》も浮《う》きました。

★ミニクイズ37★ ボールペンの正式名称《せいしきめいしょう》、知《し》ってる？

ヨルはソラのホウキに一緒《いっしょ》にまたがります。アオイはその少《すこ》し前《まえ》を飛《と》んでいました。

「じゃあ、行《い》ってくるね！」

ソラがミドリちゃんに向《む》かって叫《さけ》びました。

すると、ミドリちゃんがふたりになにかを投《な》げます。

「気《き》をつけてね！　これ、お腹《なか》が空《す》いたら食《た》べて！」

数枚《すうまい》のクッキーがはいった袋《ふくろ》でした。

「あ、あと！　おばあちゃんに大好《だいす》きって伝《つた》えて！」

ミドリちゃんに、ソラは「任《まか》せて！」と答《こた》えました。

ミニクイズ37の答《こた》え　ボールポイントペン

目的地《もくてきち》は、ミドリちゃんのおばあちゃんのいるところまで。

ヨルの魔法《まほう》で受《う》け取《と》った気持《きも》ちがたっぷり込《こ》められたクッキーを持《も》って、
ソラの魔法《まほう》でふたりは空高《そらたか》くあがります。

ぐんぐん、ぐんぐん。

地上《ちじょう》がどんどん遠《とお》くなっていきます。

「すごいね！　ヨル」

「ソラもすごいよ！」

ふたりは声《こえ》をあげました。

8

雨《あめ》と風《かぜ》と涙《なみだ》と

ソラとヨルは心地《ここち》のよいスピードで空《そら》を飛《と》んでいました。

ソラはまだ一人前《いちにんまえ》の魔法使《まほうつか》いではないので、あまりスピードを出《だ》すことはできません。

まるで空《そら》を泳《およ》ぐように、ゆったりと目的地《もくてきち》に向《む》かっています。

「あたしがもっともっとすごい魔法《まほう》使《つか》いになれば、あたしもアオイも、もっとはやく飛《と》べるようになる

ミニクイズ38の答《こた》え　85円《えん》

の？」

「そうだよお。もっとはやく高《たか》く遠《とお》くまで飛《と》べるようになるねえ。それに、今《いま》はこの島《しま》の中《なか》が精一杯《せいいっぱい》だけど、どこが目的地《もくてきち》でも案内《あんない》してあげることができるようになるよお」

アオイはのんびりと答《こた》えます。

「ツキはもしかして、もっと大《おお》きな物《もの》をポシェットに入《い》れられるようになるのかな」

「よく気《き》がついたね」

ヨルの疑問《ぎもん》に、ツキがにんまりと笑《わら》いました。

そのうち、クッキーではなく大《おお》きな大《おお》きなプレゼントにも、ヨルは気持《きも》

★ミニクイズ39★　お腹《なか》がペコペコな人《ひと》が着《き》ている服《ふく》ってどんな服《ふく》？

ちを込《こ》めて手紙《てがみ》にすることができるでしょう。

そしてツキは、その手紙《てがみ》がどんな大《おお》きさでも、小《ちい》さなポシェットに入《い》れてしまえるのです。

「ソラは自分自身《じぶんじしん》が動《うご》く魔法《まほう》が、得意《とくい》なんだね。だから、アオイにも羽《はね》が生《は》えてたんだね」

「ヨルは、ひとの気持《きも》ちを受《う》け取《と》って、素直《すなお》に相手《あいて》に伝《つた》えるから、ポシェットなんだよね」

お互《たが》いにぴったりの魔法《まほう》だと思《おも》いました。

顔《かお》を見合《みあ》わせて、ふふふっと笑《わら》います。

ふたりは自分《じぶん》が誇《ほこ》らしくなりました。

ミニクイズ39の答《こた》え　くうふく

「わたしたちって、すごいんじゃない？」

「すごいかもしれない」

ソラの言葉《ことば》に、ヨルもうなずきます。

いつもなら自分《じぶん》に自信《じしん》が持《も》てないヨルも、ソラの輝《かがや》く瞳《ひとみ》を見《み》ると、心強《こころづよ》く感《かん》じます。

ふたりの同級生《どうきゅうせい》たちは、自分《じぶん》だけの〝想《おも》い〟に気《き》づいていない子《こ》がほどんどです。

ユーリもマドカも、まだ見《み》つけていません。

一足先《ひとあしさき》にいるチカちゃんにも、きっとすぐに追《お》いつけるのではないでしょうか。

★ミニクイズ40★ 中《なか》に入《はい》ると、みんなちょっと笑《わら》ってしまうお店《みせ》ってなに？

「あまり調子《ちょうし》にのっちゃダメだよ」
ツキの苦言《くげん》に、ふたりは
「はあい」
と肩《かた》をすくめました。

・－★－・－★－・－★－・

「なんだか、天気《てんき》がよくないねえ……」

しばらく空《そら》を進《すす》んでいると、前《まえ》を飛《と》んでいるアオイが言《い》いました。

言《い》われてみればたしかに、空《そら》には雲《くも》が広《ひろ》がりはじめています。

「あとどのくらいで着《つ》く？」

「うーん……どうかなあ」

ミニクイズ40の答《こた》え　薬屋《くすりや》さん

今《いま》にも雨《あめ》が降《ふ》りそうなどんよりとした雲《くも》に、ソラは不安《ふあん》になります。病院《びょういん》は、オーロラアイランドの港《みなと》とは反対側《はんたいがわ》にあります。港《みなと》から、学《がっ》校《こう》の上《うえ》を通《とお》り過《す》ぎて、林《はやし》を抜《ぬ》けた森《もり》と海《うみ》のそばです。

きっと、空気《くうき》のきれいな場所《ばしょ》で、おばあさんは体《からだ》を休《やす》めているのでしょう。

ゴロゴロゴロ、とどこかで雷《かみなり》の音《おと》が聞《き》こえました。

ふたりはびくりと体《からだ》を震《ふる》わせます。

もし、雷《かみなり》が落《お》ちてきたら、どうすればいいでしょうか。

「大丈夫《だいじょうぶ》だよ！」

びくびくするソラとヨルに、ツキが言《い》います。

★ミニクイズ41★ 切手《きって》、ハガキ、ポスト。この中《なか》で人《ひと》からバカにされているのはどれ？

けれど、恐怖《きょうふ》は消《き》えません。
どんどん暗《くら》くなっていく空《そら》は、今《いま》にも恐《おそ》ろしいことが起《お》きるように感《かん》じてきました。
魔法《まほう》は〝想《おも》い〟です。
だから――ふたりがどうようすると、魔法《まほう》も弱《よわ》まるのです。
天気《てんき》が心配《しんぱい》でソラは、うまく飛《と》べなくなりました。
ヨルが不安《ふあん》に襲《おそ》われると、ツキのポシェットから手紙《てがみ》が飛《と》び出《だ》してしまいました。
「ど、どうしよう」
ヨルがソラの腕《うで》を掴《つか》んで言《い》いました。

「だいじょうぶ、だいじょうぶ！」

ふらふら飛《と》びながら、ソラは自分《じぶん》に言《い》い聞《き》かせるように、何度《なんど》も繰《く》り返《かえ》します。

すると、ぽたんと、ソラの頭《あたま》に雫《しずく》が落《お》ちてきました。

雨《あめ》です。

それはすぐに勢《いきお》いを増《ま》しました。

雨《あめ》に打《う》たれて、体《からだ》が重《おも》くなっていきます。

ソラだけではなくアオイも、ふらふらしはじめました。うまく飛《と》べなくなってきたのです。

どうしよう、どうしよう。

★ミニクイズ42★　たぬきが宝箱《たからばこ》を持《も》っているよ。中《なか》には何《なに》が入《はい》っている？

ふたりはパニックに陥《おちい》ります。

「ふたりとも！　しっかりして！」

「そ、そんなこと言《い》われても……！」

ツキに叱《しか》られても、どうすることもできません。

振《ふ》り落《お》とされてしまいそうなほど、風《かぜ》が強《つよ》くなりました。

ソラは、必死《ひっし》に耐《た》えました。

けれど、ひときわ強い雨風《あめかぜ》が襲《おそ》ってきます。その衝撃《しょうげき》に、ヨルは思《おも》わず、

ソラの体《からだ》から手《て》を放《はな》してしまいました。

「ヨル！」

ヨルが、風《かぜ》に飛《と》ばされてしまいます。

ミニクイズ42の答《こた》え　何《なに》も入《はい》っていない（からばこ）

ソラはすぐにヨルを追《お》いかけようと方向転換《ほうこうてんかん》をしました。

勢《いきお》いよく体《からだ》を傾《かたむ》けたせいで、ソラはバランスを崩《くず》してしまいました。

「——っきゃああああああ」

ソラはそのまま、ヨルを追《お》いかけるように落下《らっか》してしまいました。

・☆・・☆・・☆・

みんなが落《お》ちたのは、森《もり》の中《なか》でした。

幸《さいわ》い、その場所《ばしょ》が茂《しげ》みだったおかげで、ソラもヨルも、大きな怪我《けが》はありませんでした。アオイとツキも、無事《ぶじ》でした。

ふたりは大《おお》きな木《き》の根元《ねもと》で、雨《あめ》が止《や》むのを待《ま》つことにします。

大《おお》きな葉《は》っぱが、雨《あめ》から守《まも》ってくれます。

★ミニクイズ43★　かさ、ながぐつ、レインコートがすきなお菓子《かし》はなに？

ふたりは胸《むね》に、アオイとツキを抱《だ》きしめてじっとしていました。

「……雨《あめ》、止《や》まないね」

さっきよりも雨《あめ》は激《はげ》しくなっています。

体《からだ》が濡《ぬ》れてしまったことで、寒《さむ》くなってきました。

ソラの胸《むね》の中《なか》で、アオイがすうすうと眠《ねむ》っています。

きっととても疲《つか》れたのでしょう。

ツキもぐったりとしています。

ヨルの手元《てもと》には、粉々《こなごな》になったクッキーがありました。手紙《てがみ》の魔法《まほう》が解《と》けてしまったうえに、落下《らっか》の衝撃《しょうげき》で、クッキーが割《わ》れてしまったのです。

そのせいなのか、ヨルはクッキーを再《ふたた》び手紙《てがみ》にすることができませんで

ミニクイズ43の答《こた》え　あめ

した。
「これからどうしよう」
病院《びょういん》までどのくらい離《はな》れているのでしょうか。
アオイは眠《ねむ》っているので、方向《ほうこう》がわかりません。
また、雷《かみなり》が鳴《な》りました。ヨルとソラは抱《だ》き合《あ》って、震《ふる》えます。
空《そら》が暗《くら》くなり、寒《さむ》くなってきました。

ふたりはペンダントを握《にぎ》りました。
けれど、ソラもヨルも、魔法《まほう》を使《つか》うことができません。
出発《しゅっぱつ》したとき、ふたりはもう、なんでもできるんじゃないかと思《おも》いました。
自信《じしん》に満《み》ちあふれていました。
けれど今《いま》のふたりは、不安《ふあん》でいっぱいでした。

★ミニクイズ44★　おおきいのがきらいなほうせきは？

9

ふたりで一緒《いっしょ》に

どのくらい雨宿《あまやど》りをしていたでしょう。気《き》がつけば、雨《あめ》はやさしい音《おと》にかわっていました。

このままここにいるわけにはいきません。ソラは立《た》ち上《あ》がりました。

「とりあえず、歩《ある》こう！」

ソラに続《つづ》いて、ヨルも立《た》ち上《あ》がり、一緒《いっしょ》に歩《ある》きはじめます。

数日前《すうじつまえ》まで新品《しんぴん》だった制服《せいふく》は、泥《どろ》だらけになっていました。

ミニクイズ44の答《こた》え　ダイヤ

「ねえ、方向《ほうこう》わかるのお？」

ソラの腕《うで》の中《なか》にいたアオイが、欠伸《あくび》をしながら言《い》いました。

「もう一度《いちど》、魔法《まほう》でクッキーの中《なか》の気持《きも》ちを感《かん》じたら、目的地《もくてきち》がわかるかもしれないよ」

ひと休《やす》みして元気《げんき》になったツキが言《い》います。

「簡単《かんたん》に言《い》わないで！」

ソラが大《おお》きな声《こえ》で叫《さけ》びました。

アオイは、ソラの手《て》が震《ふる》えていることに気《き》づきます。

ソラの悔《くや》しい気持《きも》ちが、ヨルに伝《つた》わってきます。

「わたしたちには、無理《むり》だったのかな……」

★ミニクイズ45★ お花《はな》の下《した》についているお菓子《かし》は？

つい、ヨルは弱音《よわね》を吐《は》いてしまいます。

「諦《あきら》めちゃうの？」

アオイがこてんと首《くび》を倒《たお》して聞《き》きました。

ふたりは、なにも言《い》えませんでした。

——すると、ソラのお腹《なか》がくうっと鳴《な》りました。

「……まずは、なにか食《た》べたほうがよさそうだね」

ツキが呆《あき》れ、アオイがケラケラと笑《わら》いました。

ソラは恥《は》ずかしくて顔《かお》が赤《あか》くなります。

（あ、そういえば）

ふと、ミドリちゃんのことを思《おも》い出《だ》しました。

ミニクイズ45の答《こた》え　クッキー

アオイの背中《せなか》にのったとき、投《な》げ渡《わた》してくれた物《もの》があったはずです。

ポケットを確認《かくにん》すると、四枚《よんまい》のクッキーが出《で》てきました。

「ヨルも、食《た》べる？」

袋《ふくろ》からクッキーを取《と》りだして、ヨルに渡《わた》します。ヨルはおずおずと手《て》を伸《の》ばして受《う》け取《と》りました。

口《くち》に入《い》れると、こげた苦《にが》みが広《ひろ》がります。

「ふ、ふふ、苦《にが》い」

「ほんと」

ふたりは噴《ふ》き出《だ》してしまいました。

とても苦《にが》いクッキーでしたが、ミドリちゃんが一生懸命《いっしょうけんめい》作《つく》ったクッキーであることはわかります。

そう思《おも》うと、とてもおいしく感《かん》じるのが、不思議《ふしぎ》でした。

おばあちゃんに気持《きも》ちを伝《つた》えたら、そしておばあちゃんからの気持《きも》ちもミドリちゃんに届《とど》けることができれば、クッキーはもっとおいしくなるでしょう。

ここで諦《あきら》めてしまえば、ミドリちゃんはがっかりするはずです。

あんなに、喜《よろこ》んでいたのに。

(届《とど》けたい)

(会《あ》いに行《い》きたい)

ふたりはあらためて思《おも》いました。

魔《ま》法《ほう》使《つか》いになるためではありません。ミドリちゃんのために。

クッキーを食《た》べるたびに、泣《な》いていたミドリちゃんと喜《よろこ》んでいたミドリちゃんがよみがえります。

そうすると、ふたりの体《からだ》に力《ちから》が湧《わ》いてきました。

ソラはヨルを見《み》ます。ヨルもソラを見《み》つめます。

ふたりは、向《む》かい合《あ》って手《て》をつなぎました。

★ミニクイズ46★　少《すこ》しだけしか食《た》べられないおやつは？

もう片方《かたほう》の手《て》で、それぞれペンダントをやさしく包《つつ》みます。すると、ペンダントはステッキになりました。青《あお》いリボンと、ピンクのリボンが風《かぜ》で揺《ゆ》れます。リボンの端《はじ》が揺《ゆ》れて触《ふ》れあうと、小さな星《ほし》が輝《かがや》きました。ソラとヨルは目《め》を合《あ》わせて、うなずきます。

そして、ふたつのステッキの先端《せんたん》をくっつけました。

『ソラとヨル、ふたりなら大丈夫《だいじょうぶ》だよ』
『ひとりじゃないっていうのは、とっても大《おお》きな力《ちから》になるからね』
パパが言《い》っていました。
ソラとヨルは、ひとりではないのです。それぞれ、別《べつ》の魔法《まほう》が使《つか》えます。
——だからこそ、ふたりなら。
暗《くら》い森《もり》の中《なか》が明《あか》るくなるほどの光《ひかり》が放《はな》たれました。
ミドリちゃんの気持《きも》ちが、ヨルに伝《つた》わってきました。
粉々《こなごな》になってしまったクッキーから。
そして、ふたりにくれたクッキーから。
それを届《とど》ける場所《ばしょ》が、ソラにはわかりました。

ミニクイズ46の答《こた》え チョコ

ミドリちゃんの気持《きも》ちの中《なか》に、おばあちゃんの姿《すがた》が、はっきりと感《かん》じられるのです。

ソラの目《め》の前《まえ》に、手紙《てがみ》が現《あらわ》れました。それは、ミドリちゃんの気持《きも》ちの込《こ》もった、クッキーです。

ツキはそれを、ポシェットにしまいます。

そして、ソラの足元《あしもと》がふわりと地面《じめん》から離《はな》れました。

アオイの羽《はね》がパタパタと動《うご》き出《だ》し、目《め》からは再《ふたた》び光《ひかり》が放《はな》たれました。

「行《い》こう！」

「うん！」

ソラが満面《まんめん》の笑《え》みで言《い》うと、ヨルは力強《ちからづよ》くうなずきました。

10

はじめての
ジュエルキャンディ

雨《あめ》が止《や》んで、空《そら》が灰色《はいいろ》からゆっくりと青空《あおぞら》に戻《もど》りはじめます。
そして、病院《びょういん》についたときには、きれいなオレンジ色《いろ》の夕焼《ゆうや》け空《ぞら》になっていました。
森《もり》の先《さき》にあった建物《たてもの》のそばに、ふたりは降《お》り立《た》ちました。
屋根《やね》のあるベンチには、ひとりのおばあさんが座《すわ》っています。
それは、ミドリちゃんのおばあさ

★ミニクイズ47★ 教室《きょうしつ》の中《なか》にいる動物《どうぶつ》は？

んでした。

「まあ、かわいらしい魔法使《まほうつか》いさんね」

おばあさんは、ヨルとソラを見《み》て、にっこりと微笑《ほほえ》みます。

「でも泥《どろ》だらけよ。雨《あめ》に濡《ぬ》れたのかしら。怪我《けが》はしていない？」

ふたりとも、制服《せいふく》は泥《どろ》だらけだし、髪《かみ》の毛《け》もまだ濡《ぬ》れています。こんな格好《かっこう》で驚《おどろ》かせてしまったはずなのに、おばあさんはやさしい瞳《ひとみ》をふたりに向《む》けてくれました。

「あたしたち、おばあさんに会《あ》いに来《き》たんです」

ソラが髪《かみ》の毛《け》を軽《かる》く整《ととの》えてそう言《い》うと、おばあさんは驚《おどろ》いた顔《かお》をしました。

ミニクイズ47の答《こた》え　うし

「ミドリちゃんから、お届《とど》け物《もの》です」

ヨルは魔法《まほう》の手紙《てがみ》を、おばあさんに渡《わた》します。

おばあさんは不思議《ふしぎ》そうに封筒《ふうとう》を開《あ》けました。中《なか》から出《で》てきたのは、ボロボロの欠片《かけら》になってしまったクッキーです。

(ちゃんと、わたしの込《こ》めたミドリちゃんの気持《きも》ち、伝《つた》わるのかな)

はじめてのことで、ヨルはドキドキビクビクしていました。

「まあ、ミドリが作《つく》ったクッキーかしら」

おばあさんは目《め》をパチパチさせました。

そして、クッキーの欠片《かけら》をぱくりと食《た》べます。

「あら、苦《にが》い」

おばあさんは少《すこ》し顔《かお》をしかめてから、クスクスと笑《わら》いました。

「あの子《こ》ってば、ちゃんと分量《ぶんりょう》をはかっていないのね。焼《や》き時間《じかん》もきっと適当《てきとう》なんだわ」

笑《わら》いながら、おばあさんの瞳《ひとみ》がきらきらと輝《かがや》きはじめました。

それは、おばあさんの涙《なみだ》のせいでした。

「でも、不思議《ふしぎ》なクッキーね。魔法《まほう》のおかげかしら。食《た》べると、ミドリの声《こえ》が聞《き》こえてくるわ」

おばあちゃん、おばあちゃん、と呼《よ》ぶミドリちゃんの声《こえ》が、おばあさんには聞《き》こえてきたのです。

心配《しんぱい》するやさしい気持《きも》ち、お店《みせ》のことは任《まか》せてとがんばる気持《きも》ち。

★ミニクイズ48★ おとうとにはふたつあるのにいもうとにはひとつしかないのは？

ときどき、うまくクッキーが焼《や》けなくて落《お》ち込《こ》む気《き》持《も》ちも伝《つた》わってきます。

それはまさしく、手紙《てがみ》でした。

おばあさんには、クッキーからミドリちゃんの気《き》持《も》ちを、感《かん》じることができたのです。

自分《じぶん》の魔法《まほう》がうまく届《とど》いたことに、ヨルはほっと胸《むね》を撫《な》で下《お》ろしました。

「あ！　あと大好《だいす》きって、言《い》ってました！」

ソラがはっとして、ミドリちゃんの言葉《ことば》を伝《つた》えます。

おばあさんはうれしそうに頬《ほお》をゆるませて、

「なんてステキな、届《とど》け物《もの》かしら」

ミニクイズ48の答《こた》え「と」

と泣《な》きながら微笑《ほほえ》みました。
とってもとっても、ステキな笑顔《えがお》でした。

ふたりがミドリちゃんのもとに戻《もど》ったときには、すっかり夜《よる》になっていました。

「な、なにそのひどいかっこう！」
店《みせ》の前《まえ》にあらわれたソラとヨルに、ミドリちゃんが叫《さけ》びます。
帰《かえ》り道《みち》、再《ふたた》び雨《あめ》が降《ふ》ったことで、

★ミニクイズ49★ いくらこいでもすすまない乗《の》り物《もの》は？

ふたりはより一層《いっそう》濡《ぬ》れて汚《よご》れてしまいました。長《なが》いあいだ魔《ま》法《ほう》を使《つか》ったせいもあり、体《からだ》はへろへろの状態《じょうたい》です。

パートナーのアオイとツキも疲《つか》れてしまったようで、ふたりの腕《うで》の中《なか》でぐったりしていました。

でも、

「ちゃんと届《とど》けてきたからね！」

ふたりの気持《きも》ちは、元気《げんき》いっぱいです。

「これ、おばあちゃんから」

ヨルは眠《ねむ》っているツキのポシェットから、オレンジのチェック柄《がら》の封筒《ふうとう》を取《と》り出《だ》しました。

ミニクイズ49の答《こた》え　ブランコ

ミドリちゃんは受《う》け取《と》り、中《なか》を取《と》り出《だ》します。出《で》てきたのは、封筒《ふうとう》と同《おな》じ柄《がら》のスカーフでした。

「これ……おばあちゃんが使《つか》ってたのだ」

おばあちゃんは、いつもお店《みせ》にいるときは、頭《あたま》にこのスカーフを巻《ま》いていました。

ミドリちゃんは、それを頭《あたま》に巻《ま》きました。

すると、おばあちゃんの気持《きも》ちが胸《むね》に広《ひろ》がりました。
ヨルは、おばあちゃんの返事《へんじ》を受《う》け取《と》ってきたのです。そしてそれを、
大事《だいじ》なスカーフに込《こ》めていたのです。

ありがとう、ミドリ。
愛情《あいじょう》込《こ》めてクッキーを作《つく》って待《ま》っててね
それまでお店《みせ》をよろしくね
ミドリなら大丈夫《だいじょうぶ》
でも、分量《ぶんりょう》はちゃんとはかりなさい
家《いえ》の戸棚《とだな》にレシピがあるからね

ミドリちゃんの胸《むね》に、おばあさんからの手紙《てがみ》が届《とど》きます。

ミドリちゃんにしか見《み》えない、感《かん》じることのできない、特別《とくべつ》な魔法《まほう》の手《て》紙《がみ》でした。

胸《むね》の中《なか》が、おばあちゃんからの気持《きも》ちでいっぱいになります。

「もう、おばあちゃんったら、レシピがあるなら教《おし》えておいてよね」

ふふっと笑《わら》ったミドリちゃんは、とてもうれしそうでした。

「今度《こんど》はおいしいクッキー用意《ようい》してるから、ふたりとも、また来《き》てね」

ミドリちゃんは胸《むね》を張《は》ります。

ミドリちゃんの作《つく》ったおいしいクッキーが、今《いま》からとても楽《たの》しみです。

そしてそのうち、おばあさんのクッキーも食《た》べる日《ひ》が来《く》るでしょう。

★ミニクイズ50★ からすが3回《かい》ないたら出《で》てくる人《ひと》は？

ふたりが作《つく》ったクッキーは、大人気《だいにんき》になるはずです。

さて、そろそろ寮《りょう》に帰《かえ》らなければ、と思《おも》ったとき、ソラが大事《だいじ》なことを思《おも》い出《だ》しました。

「おばあさんも、ミドリのことが大好《だいす》きだよって言《い》ってたよ！」

おばあさんの言葉《ことば》を直接《ちょくせつ》、ミドリちゃんに伝《つた》えます。

気持《きも》ちの込《こ》もった手紙《てがみ》のスカーフだけではなく、直接《ちょくせつ》の言葉《ことば》に、ミドリちゃんは涙《なみだ》を浮《う》かべました。そして、ふたりをぎゅっと抱《だ》きしめました。

「ありがとう。本当《ほんとう》に、ありがとう」

その瞬間《しゅんかん》、ぽんっとふたりの目《め》の前《まえ》に、水色《みずいろ》とピンク色《いろ》のジュエルキャンディがあらわれました。

ミニクイズ50の答《こた》え　かあさん

「わあ！」

「ふたつも？」

驚《おどろ》くふたりに、

「ミドリちゃんと、おばあさんの分《ぶん》だねえ」

と、元気《げんき》を取《と》り戻《もど》したアオイが教《おし》えてくれます。

「一気《いっき》にふたつもなんて、すごい」

ツキが目《め》を覚《さ》まして興奮気味《こうふんぎみ》に言《い》いました。

ジュエルキャンディは、魔法《まほう》がちゃんと届《とど》いた証《あかし》です。そして、それは、誰《だれ》かからの〝ありがとう〟の〝想《おも》い〟からうまれるものです。

きらきら輝《かがや》くジュエルキャンディは、夜空《よぞら》の星《ほし》よりも、きれいでした。

そう、ふたりはこの日《ひ》、はじめて自分《じぶん》たちだけの魔法《まほう》で、誰《だれ》かを幸《しあわ》せにすることができたのです。

でももしかすると、いちばん幸《しあわ》せだったのは、ソラとヨルの、ふたりだったかもしれません。

「やったああ！」

「すごいね、わたしたち！」

ふたりの大《おお》きな歓声《かんせい》が、夜空《よぞら》に響《ひび》き渡《わた》りました。

11

パパとママへ

月《つき》に一度《いちど》、家族《かぞく》に手紙《てがみ》を送《おく》る日《ひ》がやってきました。

ふたりは、前《まえ》に一緒《いっしょ》に買《か》ったレターセットの便箋《びんせん》を一枚《いちまい》ずつ使《つか》い、一緒《いっしょ》に手紙《てがみ》を書《か》きます。

それをかわいいネコとイヌの形《かたち》に折《お》りました。

封筒《ふうとう》に入《い》れて、封《ふう》をして、ふたりはポストに投函《とうかん》します。

「ふたりも手紙書《てがみか》いたの？」

★ミニクイズ51★　人間《にんげん》じゃないのに涙《なみだ》をながしたり、にこにこしたり、ぷんぷんおこるのは？

ユーリとマドカがやってきて言《い》いました。

「うん！」

「返事届《へんじとど》くといいねえ」

みんな、家族《かぞく》とのやり取《と》りが楽《たの》しみです。

「さあ、今日《きょう》もがんばろう！」

一人前《いちにんまえ》の魔法使《まほうつか》いになるために。

真《ま》っ青《さお》な空《そら》を見上《みあ》げて、みんなで声《こえ》を出《だ》します。

ソラとヨルの、アカデミーでの日々《ひび》は、まだはじまったばかりなのです。

ミニクイズ51の答《こた》え　空《そら》

パパ&どこかで見《み》ているママへ

みんな、元気《げんき》にしてますか?
目《め》を覚《さ》ましたとき、眠《ねむ》るとき、パパの挨拶《あいさつ》がないのがさびしいよ。
おじいちゃんの面白《おもしろ》い話《はなし》が聞《き》けなくてつまらないよ。
おばあちゃんのおいしいご飯《はん》も恋《こい》しいよ。
でも、安心《あんしん》して。ソラとヨルは、元気《げんき》にやってるよ!
さっそく友《とも》だちもできたし、
魔法《まほう》だって使《つか》えるようになったんだから!

ソラは飛《と》ぶことができるんだよ。
ヨルは気持《きも》ちを受《う》け取《と》って渡《わた》せるの。
不思議《ふしぎ》でしょう？　でも、ぴったりだと思《おも》わない？
っていっても、まだまだちゃんと使《つか》えないんだけどね。
この前《まえ》は大失敗《だいしっぱい》して、ふたりで反省《はんせい》もしたの。
ただ、そのおかげでできたこともあるのよ。
『ソラとヨル、ふたりなら大丈夫《だいじょうぶ》だよ』
『ひとりじゃないっていうのは、とっても大《おお》きな力《ちから》になるからね』
パパが言《い》ってくれたことを思《おも》い出《だ》したの。
本当《ほんとう》だったよ、パパ。

★ミニクイズ52★　あたたかい冬《ふゆ》に人気《にんき》なアクセサリーは？

ソラにはヨルが、ヨルにはソラがいる。ひとりじゃなくてふたりだったから、乗《の》り越《こ》えることができたの！

だから、これからもふたりでがんばるね。

一人前《いちにんまえ》の魔法使《まほうつか》いになるには、オーロラアイランドの中《なか》でたくさんのひとのために、魔法《まほう》を使《つか》わないといけないんだって。

あ、ふたりにできるのか心配《しんぱい》したでしょ？　大丈夫《だいじょうぶ》だよ！

ふたりの魔法《まほう》で、たくさんのひとの〝想《おも》い〟を届《とど》けるんだから。

ソラとヨルの〝想《おも》い〟が、みんなの〝想《おも》い〟のお手伝《てつだ》いをするの。

そのために、ふたりで仕事《しごと》をすることにしたんだ。

ミニクイズ52の答《こた》え　ペンダント

【夜空《よぞら》のブルームーンお手紙屋《てがみや》さん】

どう？　ステキでしょ。

ヨルの魔法《まほう》で気持《きも》ちを込《こ》めた贈《おく》り物《もの》を、ソラの魔法《まほう》で相手《あいて》に届《とど》けるの。

オーロラアイランドに来《き》たときは、ぜひ！

ソラとヨルは、ママに負《ま》けないステキな魔法使《まほうつか》いになるからね。

それまで、待《ま》っててねママ！

オーロラアイランドの魔法使《まほうつか》い　ソラとヨルより

みんなの
ファッション
チェック
ヨル
ヘアアクセは
制服《せいふく》とおそろいの
リボン
髪《かみ》の片側《かたがわ》だけ
編《あ》み込《こ》んで、
ポイントに
してみたよ
ジャケット
ふうのえり
ミドリ
後《うし》ろはひとつに
まとめたみつあみ
チカ
前髪《まえがみ》を上《あ》げて
クールに
リボンとフリル大好《だいす》き！
でも大人《おとな》っぽく
したいから、
紫色《むらさきいろ》でまとめたの
ワンピース
みたいな
ふんわり
エプロン
エプロンの
大《おお》きなポケットが、
かわいくて
使《つか》いやすいの
スカートの
すそにフリル

ネクタイをつけて、甘々《あまあま》にならないようにしてみたよ
ユーリ
ショート丈《たけ》のネクタイ
花《はな》びらみたいなフレアスカート
たくさん動《うご》いたり走《はし》ったりしてもだいじょうぶな、シンプルコーデが好《す》き
青《あお》×白《しろ》の組《く》み合《あ》わせがさわやかでお気《き》に入《い》り！
マドカ
ソラ
えりはフードタイプ
ポニーテールですっきり
リボンを結《むす》んで着《き》るタイプ
スリット入《い》りタイトスカート

心理《しんり》テスト

あなたの使《つか》いたい魔法《まほう》をえらんでね！

1 空《そら》を飛《と》ぶ

2 人《ひと》の心《こころ》を読《よ》む

3 透明人間《とうめいにんげん》になる

4 ものを動《うご》かす

あなたはどのタイプ？

1

空《そら》を飛《と》ぶを
えらんだあなたは…

知《し》らず知《し》らずのうちに、毎日《まいにち》がまんをしているあなた。たまには自分《じぶん》を解放《かいほう》して、公園《こうえん》で広《ひろ》い空《そら》をながめる時間《じかん》をつくるのもいいかも！

2

人《ひと》の心《こころ》を読《よ》むを
えらんだあなたは…

無意識《むいしき》のうちに、気《き》になる人《ひと》と友《とも》だちになりたいと思《おも》っているみたい。そんなあなたの気持《きも》ちに、その人《ひと》もきっと気《き》づいているはず！　まずは手《て》紙《がみ》を書《か》いてみよう！

3

透明人間《とうめいにんげん》になるを
えらんだあなたは…

人一倍《ひといちばい》、まわりのことに興味《きょうみ》を持《も》っているあなた。自分《じぶん》の気持《きも》ちに素直《すなお》に、楽《たの》しいことを見《み》つけていこう！　美術館《びじゅつかん》や博物館《はくぶつかん》で新《あたら》しい発見《はっけん》ができるかも！

4

ものを動《うご》かすを
えらんだあなたは…

あなたは、まわりの人《ひと》をびっくりさせたり、よろこばせるのが得意《とくい》！　友《とも》だちといっしょにサプライズを計画《けいかく》してみるともっと楽《たの》しくなるよ！

あなたにぴったりのキャラは？

恋《こい》タイプ診《しん》断《だん》！

ここからスタート！

A 家《いえ》にいるのが好《す》き

はい → D　いいえ → B

B まわりの人《ひと》からの印象《いんしょう》が気《き》になる

→ E ／ ↓ C

C 誰《だれ》とでもすぐに打《う》ちとけられる

→ F ／ ↓ アオイタイプ

D 相手《あいて》よりも自分《じぶん》の気持《きも》ちが大事《だいじ》

↓ E

E 好《す》ききらいがはっきりしている

↓ F

F ひとりで出《で》かけるのが好《す》きだ

↓ ツキタイプ

ツキタイプ

すなおで明《あか》るいあなたは、恋《こい》するとまっすぐ突《つ》き進《すす》むタイプ！　そんなむじゃきなところにきゅんとする人《ひと》も多《おお》そう。遊園地《ゆうえんち》など、アクティブなデートがおすすめ！

アオイタイプ

いつも冷静《れいせい》で落《お》ち着《つ》いているあなた。気《き》になる人《ひと》からも、ミステリアスだと思《おも》われているかも。時《とき》には正直《しょうじき》に自分《じぶん》の気持《きも》ちを伝《つた》えるとうまくいきそう！

あそびかた

自分《じぶん》にあてはまる方《ほう》の答《こた》えをえらぼう！
はいなら赤《あか》い矢印《やじるし》、
いいえなら青《あお》い矢印《やじるし》に進《すす》んでね。

G 宿題《しゅくだい》をあとまわしにしがち

J まじめだとよく言《い》われる

H 連絡《れんらく》はマメなほう

K 好《す》きな人《ひと》にはげましてほしい

I ポジティブなタイプだ

L だれかに甘《あま》えるのが好《す》き

ハリータイプ

やさしくてひかえめなあなたは、気《き》になる人《ひと》がいても、まわりにえんりょすることが多《おお》そう。時《とき》には人目《ひとめ》を気《き》にせず、思《おも》い切《き》って話《はな》しかけてみよう！

ミミタイプ

ロマンチックなことを考《かんが》えるのが得意《とくい》で、ひとめぼれしやすいタイプ。相手《あいて》の話《はなし》をよく聞《き》くようにしてみると、居心地《いごこち》のいい人《ひと》に出会《であ》えるかも！

コーディネートチェンジ★

好きな色でぬって、デザインしちゃおう！

好きな色でぬってみてね！

ミニレターメモ　切り取ってつかってね！

ミニレターメモ　切り取ってつかってね！

お手紙《てがみ》メモ＆封筒《ふうとう》

ソラ&ヨルみたいに、おうちの人《ひと》やお友《とも》だちに
お手紙《てがみ》を書《か》いてみよう。
てんせん（ーーー）で切《き》り取《と》って、つかってね！
お手紙《てがみ》は、直接《ちょくせつ》わたしてね。

Futago majo to himitsu no otegami
Futago majo to himitsu no otegami

レインボーめいろのこたえあわせ

著 ☆ 櫻いいよ（さくら いいよ）

大阪府在住。著書に『君が落とした青空』『1095日の夕焼けの世界』『そういうふものにわたしはなりたい』など人気作多数（すべてスターツ出版）。『交換ウソ日記』シリーズは累計65万部を突破し、スターツ出版文庫版はコミカライズ。同著と『君が落とした青空』は、実写映画化に。近著に『近くて遠くて、甘くて苦い』シリーズ3冊（講談社 青い鳥文庫）、『世界は「」で満ちている』、『イイズナくんは今日も、』（ともにPHP研究所）などがある。

絵 ☆ 佐々木メエ（ささき めえ）

滋賀県在住。本の挿絵や企業広告などを中心にイラストレーターとして活動。『リトル☆バレリーナ』シリーズや『ベストフレンズベーカリー』、『10歳までに読みたい世界名作 小公女セーラ』『10歳までに読みたい日本名作 源氏物語』（すべてGakken刊）など、他作品多数。犬とスイーツと魔法が大好き。

ふたご魔女とひみつのお手紙
はじめての魔法学校

2024年11月26日初版第1刷発行

著　　者	☆	櫻いいよ　©Eeyo Sakura 2024
発 行 人	☆	菊地修一
イラスト	☆	佐々木メエ
カバーデザイン	☆	齋藤知恵子
本文デザイン	☆	齋藤知恵子　久保田祐子　北國ヤヨイ（ucai）
Ｄ Ｔ Ｐ	☆	久保田祐子
企画編集	☆	野いちご書籍編集部
発 行 所	☆	スターツ出版株式会社
		〒104-0031 東京都中央区京橋1-3-1
		八重洲口大栄ビル7F
		TEL 03-6202-0386（出版マーケティンググループ）
		TEL 050-5538-5679（書店様向けご注文専用ダイヤル）
		https://starts-pub.jp/
印 刷 所	☆	中央精版印刷株式会社

Printed in Japan
ISBN 978-4-8137-9388-5　C8093

乱丁・落丁などの不良品はお取り替えいたします。上記出版マーケティンググループまでお問い合わせください。

本書を無断で複写することは、著作権法により禁じられています。

定価はカバーに記載されています。

対象年齢：小学校中学年

この物語はフィクションです。

実在の人物、団体等とは一切関係がありません。

・一☆一☆一☆ー・

ファンレターのあて先

〒104-0031　東京都中央区京橋1-3-1 八重洲口大栄ビル7F
スターツ出版（株）書籍編集部 気付　櫻いいよ先生
いただいたお便りは編集部から先生におわたしいたします。